कृष्ण कल्पित

कवि-गद्यकार कृष्ण कल्पित का जन्म 30 अक्टूबर, 1957 को रेगिस्तान के एक क़स्बे फतेहपुर-शेखावाटी में हुआ। राजस्थान विश्वविद्यालय, जयपुर से हिन्दी-साहित्य में प्रथम स्थान से एम.ए.। फ़िल्म और टेलीविज़न संस्थान, पुणे से फ़िल्म-निर्माण पर अध्ययन।

अध्यापन और पत्रकारिता के बाद भारतीय प्रसारण सेवा में प्रवेश। आकाशवाणी और दूरदर्शन के विभिन्न केन्द्रों पर कार्य करने के बाद 2017 में दूरदर्शन महानिदेशालय से अपर महानिदेशक (नीति) पद से सेवामुक्त।

कविता की सात किताबें प्रकाशित हैं—*भीड़ से गुज़रते हुए* (1980), *बढ़ई का बेटा* (1990), *कोई अछूता सबद* (2003), *एक शराबी की सूक्तियाँ* (2006) *बाग़-ए-बेदिल* (2013), *वापस जानेवाली रेलगाड़ी* (2021) और *रेख़्ते के बीज और अन्य कविताएँ* (2022), इनके अतिरिक्त उनकी अन्य प्रमुख कृतियाँ हैं—*हिन्दनामा : एक महादेश की गाथा* (2019)। हिन्दी का प्रथम काव्यशास्त्र *कविता-रहस्य* (2015)। सिनेमा, मीडिया पर *छोटा पर्दा बड़ा पर्दा* (2003)।

मीरा नायर की बहुचर्चित फ़िल्म 'कामसूत्र' में भारत सरकार की ओर से सम्पर्क अधिकारी। ऋत्विक घटक के जीवन पर एक वृत्तचित्र 'एक पेड़ की कहानी' का निर्माण (1997)। साम्प्रदायिकता के विरुद्ध 'भारत-भारती कविता-यात्रा' के अखिल भारतीय संयोजक (1992)। समानान्तर साहित्य उत्सव (2018) के संस्थापक संयोजक।

कविता, कहानियों के अंग्रेज़ी समेत कई भारतीय भाषाओं में अनुवाद। 'निरंजननाथ आचार्य सम्मान' और 'मेजर रामप्रसाद पोद्दार सम्मान' सहित कई पुरस्कारों से सम्मानित।

इन दिनों जयपुर में रहते हुए स्वतंत्र लेखन।

ई-मेल : krishnakalpit@gmail.com

जाली किताब

हिन्दी के प्रथम गद्य की दिलचस्प–दास्तान

कृष्ण कल्पित

राजकमल पेपरबैक्स

राजकमल पेपरबैक्स में
पहला संस्करण : 2023

राजकमल पेपरबैक्स : उत्कृष्ट साहित्य के जनसुलभ संस्करण

राजकमल प्रकाशन प्रा.लि.
1-बी, नेताजी सुभाष मार्ग, दरियागंज
नई दिल्ली-110 002
द्वारा प्रकाशित

शाखाएँ : अशोक राजपथ, साइंस कॉलेज के सामने, पटना-800 006
पहली मंजिल, दरबारी बिल्डिंग, महात्मा गांधी मार्ग, प्रयागराज-211 001
वेबसाइट : www.rajkamalprakashan.com
ई-मेल : info@rajkamalprakashan.com

बी.के. ऑफसेट
नवीन शाहदरा, दिल्ली-110 032
द्वारा मुद्रित

मूल्य : ₹199

JALI KITAB
Novel by Krishna Kalpit

ISBN : 978-81-19028-48-1

यह जाली किताब

उदय प्रकाश के लिए

Tout est faux, tout est possible, tout est douteux.

—Guy de Maupassant

सब कुछ मिथ्या है, सब कुछ सम्भव है और सब कुछ संशयग्रस्त/संदेहास्पद है।

—गी द मोपासाँ

प्राक्कथन

यह कहानी तब की है!

हिन्दी अभी नई चाल में नहीं ढली थी। हिन्दी-नवजागरण आने में अभी समय था। कलकत्ता में फोर्ट विलियम कॉलेज और एशियाटिक लाइब्रेरी की स्थापना अभी होनी थी। राजा शिवप्रसाद सितारे-हिन्द और भारतेन्दु हरिश्चन्द्र को अभी पैदा होना था। खड़ी बोली और रेख़्ता को अभी आकार लेना था।

यह वह समय था, जब उर्दू भी हिन्दी थी। थी ही नहीं कहलाती भी हिन्दी/हिन्दवी थी। ख़ुदा-ए-सुख़न कहलाने वाले मीर तक़ी मीर ख़ुद को हिन्दी का कवि कहते थे। मीर ने कहा भी है—

क्या जाने लोग कहते हैं किसको सुरुरे क़ल्ब
आया नहीं है लफ़्ज़ यह हिन्दी ज़बां के बीच!

यह कहानी तब की है!

यह कहानी/क़िस्सा/अफ़साना/बात/उपन्यास एक किताब के बारे में है और मज़ेदार बात यह कि यह किताब भी एक किताब के बारे में है, इससे भी दिलचस्प बात यह कि यह किताब भी इन्हीं दोनों किताबों के

बारे में है और सर्वाधिक आश्चर्यजनक बात यह कि विद्वानों की दृष्टि में ये तीनों किताबें संदिग्ध हैं।

एक सर्वप्रिय और जातीय गौरव की गाथा कहने वाले महाकाव्य की रक्षार्थ एक किताब लिखी जाती है। यह बात सच है कि जलाने से किताब नहीं जलती। किताब को किताब से ही नष्ट किया जा सकता है, लेकिन यह भी सत्य है कि किताब की रक्षा भी किताब से ही की जा सकती है। प्रस्तुत किताब के लिखने का प्रयोजन भी यही समझा जाए।

कवि चन्द विरचित 'पृथ्वीराज रासो' की प्रामाणिकता-अप्रामाणिकता के बारे में विद्वानों के मुख्यत: तीन मत हैं। पहला यह कि रासो पूर्णत: प्रामाणिक रचना है। दूसरा यह कि यह पूर्णत: अप्रामाणिक है और तीसरा मत यह कि रासो न पूरा प्रामाणिक है, न अप्रामाणिक। रासो एक अर्द्ध प्रामाणिक ग्रन्थ है।

क्या दुनिया का समस्त साहित्य इसी 'अर्द्ध प्रामाणिक' की श्रेणी में नहीं आता? क्या यह भी एक साहित्य की परिभाषा नहीं हो सकती? आधा उजाला है आधा अँधेरा, चले आओ ये है कविता का डेरा!

पृथ्वीराज रासो के बारे में हिन्दी के आदिआलोचक रामचन्द्र शुक्ल का और अन्य विद्वानों के अभिमत और उनकी नीर-क्षीर-विवेक की पड़ताल आगे कही/की जाएगी, लेकिन उससे पूर्व हिन्दी साहित्य का दूसरा इतिहास लिखने वाले बच्चन सिंह का अभिमत पढ़ लेना ठीक रहेगा : चन्द का रासो पारम्परिक पैटर्न ग्रहण करते हुए भी अपनी समग्रता में मौलिक है। मंगलाचरण, सज्जन-दुर्जन, प्रशंसा-निंदा, नखशिख-वर्णन, अलंकार-विधान, अप्रस्तुत-योजना आदि परम्पराभुक्त है, किन्तु उनका विनियोजन नया है। यह न शृंगारगाथा है, न वीरगाथा और न उनका मिश्रण।

इतना लिखने के बाद बच्चन सिंह रासो पर अपना निर्णय देते हुए कहते हैं कि रासो एक राजनीतिक महाकाव्य है, यहाँ पर राजनीति की

महाकाव्यात्मक त्रासदी का वर्णन हुआ है। अपनी बात के समर्थन में वे चन्द की ये पंक्तियाँ लिखते हैं—

राजनीति पाइये ज्ञान पाइये सु जानिय।
उकति जुगति पाइये अरथ घटि बढ़ि उनमानिये॥

उकति और जुगति शब्द राजनीति के शब्द हैं। इस राजनीति के दो छोर हैं—आन्तरिक विग्रह का सामना और बाहरी आक्रांताओं के साथ युद्ध। रासो का केन्द्रीय कथ्य युद्ध है, लेकिन विलास इससे नाभिनालबद्ध है। रासो में युद्ध ताना है और विलास बाना। इसी ताने-बाने से रासो को बुना गया है। इसकी बुनावट को समझे बिना रासो को समझना मुश्किल है।

पृथ्वीराज चौहान की वीरता और विलासिता रासो में यत्र-तत्र बिखरी हुई है। संयोगिता-हरण से पूर्व पृथ्वीराज रसरंग में डूबा हुआ था। इसी समय मुहम्मद गोरी ने फिर आक्रमण कर दिया। पृथ्वीराज को यह समाचार देना तक मुश्किल। वह रानी से छुट्टी माँगने जाता है और महीनों वहीं बिलम जाता है और फिर संयोगिता जैसी अव्याज-सुन्दरी को पाकर विलास में डूब जाता है। राजदरबार के महाजन इस बात से चिंतित कि पृथ्वीराज को सूचित कैसे किया जाए? अन्त में पृथ्वीराज चौहान का बालसखा कवि चन्द उसे ऋतु के श्लेष से जगाता है। कवि चन्द कहता है—*किम बुज्झे रतिवंती राजन!* अर्थात रागरंग और रति में डूबे राजा को कैसे समझाया जाए। जब चन्द के ये शब्द ज्यों के त्यों पृथ्वीराज तक पहुँचते हैं, तो वह रतिवंती शब्द सुनकर हिल जाता है। कहाँ हमलावर मुहम्मद गोरी और कहाँ रतिवंती राजा!

(यहाँ कवि बिहारी की याद आना स्वाभाविक है, जब रासो लिखे जाने के बहुत बाद बिहारी वृत्ति की तलाश में आमेर गए, जहाँ राजा जयसिंह अपनी नवपरिणीता पत्नी के प्रेम में निमग्न थे। बिहारी ने जयसिंह को यह दोहा लिखकर भिजवाया/जगाया—

नहिं पराग नहिं मधुर मधु नहिं विकास यहि काल।
अली कली ही सों बंध्यो आगे कौन हवाल॥)

पृथ्वीराज चौहान को अपने कामोत्सव और युद्ध याद आते हैं और यहीं पर रासो महाकाव्य एक त्रासदी में बदल जाता है। इस त्रासदी को समझ पाना ही रासो का मर्म पाना है। यहाँ पर कवि चन्द कहते हैं—

निराधार आधार करतार तू ही बन्यो संकट मो लीन सों ही।
कली कद्द मंगाय वृंदावनी कों सँभालो नहीं तो कहाओ धनी क्यों॥

'निराधार आधार करतार तू ही' इसी त्रासदी की फलश्रुति है। जब कोई सहारा नहीं बचता, तब मनुष्य को ईश्वर और काशी-वृंदावन की याद आती है। *हिन्दी साहित्य का दूसरा इतिहास* के लेखक का यह कथन रासो के रहस्य से पर्दा हटा देता है : यह भक्तिकालीन करतार नहीं है, बल्कि विशुद्ध उदासी की अन्तिम शरणगाह है। समग्र महाकाव्य के भीतर से पृथ्वीराज की त्रासदी के साथ एक सामाजिक-राजनीतिक त्रासदी भी उभरती है, जो जितनी पृथ्वीराज की है उससे अधिक राष्ट्र की है।

एक प्राचीन और महान राष्ट्र की त्रासदी को व्यक्त करने वाले महाकाव्य की कथित संदिग्ध भाषा के लिए कवि स्वयं रासो में कहते हैं—

उक्ति धर्म विशालस्य राजनीति नवरसं।
खट भाषा पुराणं च कुरानं कथितं मया॥

कवि का कथन है कि नवरस, उक्ति, भाषा, सभी राजनीति के इर्दगिर्द घूमती हैं। खटभाषा इसलिए कि इसमें राजस्थानी, ब्रज, फ़ारसी, डिंगल इत्यादि के शब्द मिले हुए हैं और इसमें अवहट्ट और अपभ्रंश की चाशनी भी है। भाटों की कई पीढ़ियों द्वारा गाए जाने के कारण कुछ भाषागत

अव्यवस्था मिलती है, लेकिन कुल मिलाकर रासो की भाषा ब्रजमिश्रित राजस्थानी या डिंगल है। भाषा अनगढ़ है, लेकिन अनगढ़ भाषा का भी अपना एक अलग स्वाद और सौन्दर्य होता है।

रासो के प्रणयन के बाद कहते हैं कवि जगनिक ने *परमालरासो* लिखा था, जिसका केवल एक हिस्सा आल्हखंड के नाम से मिलता है, जिसे बैंसवाड़ा, पूर्वांचल और बुंदेलखंड में पीढ़ी दर पीढ़ी गाया जाता है। इस युद्ध-काव्य (बैलेड) को 1865 ईस्वी में फर्रुखाबाद के तत्कालीन कलेक्टर चार्ल्स इलियट द्वारा भाटों की सहायता से लिपिबद्ध कराया था। बाद में वाटरफील्ड ने इसका अंग्रेज़ी अनुवाद भी किया। वाटरफील्ड आल्हा को पृथ्वीराज रासो का ही एक खंड मानता है, लेकिन बाद में ग्रियर्सन ने इस बात का खंडन किया। लेकिन यह ज़रूर कहा जा सकता है कि आल्हा रासो की परम्परा का ही हिस्सा है। आल्हा में विवाह, प्रतिशोध और लूट का वर्णन है, लेकिन वह रासो के महाकाव्यात्मक और उदात्त स्वरूप के अनुरूप नहीं है।

इसे विडम्बना या सोची समझी-साज़िश या रणनीति ही कही जानी चाहिए कि अंग्रेज़ों के आगमन और 1800 ईस्वी में कलकत्ता में फोर्ट विलियम कॉलेज की स्थापना के बाद हमारे लोक और शास्त्र में प्रचलित ग्रन्थों का पाश्चात्य दृष्टि से अध्ययन कर उन्हें जाली, नक़ली और फ़र्ज़ी ठहराने का सिलसिला शुरू हुआ। एशियाटिक लाइब्रेरी की स्थापना के बाद यह सिलसिला तेज़ हुआ। उर्दू और हिन्दी में दूरियाँ भी इसी दरम्यान बढ़ीं। खड़ी बोली शब्द भी फोर्ट विलियम कॉलेज की टकसाल से निकला था। सबसे पहले कॉलेज के भाषा-मुंशी लल्लूजी लाल और सदल मिश्र ने किया। 'प्रेम सागर' में लल्लूजी लिखते हैं—

संवत 1860 में लल्लूजी लाल कवि गुजराती ब्राह्मण सहस्त्र

अवदीच ने जिसका सार ले, यामिनी भाषा छोड़, दिल्ली-आगरे की खड़ी बोली में कह, नाम प्रेमसागर धरा। वैसे 1804 में जॉन गिलक्रिस्ट ने 'द हिन्दी-रोमन आर्थो एपिग्राफिक' में खड़ी बोली शब्द का प्रयोग किया है।

औपनिवेशिक दृष्टि की यह तो हद है, लेकिन बेहद यह कि ग्रियर्सन ने 'दी मॉडर्न वर्नाकुलर लिटरेचर ऑफ हिन्दुस्तान' की भूमिका में यह लिखा कि हिन्दी भाषा अंग्रेज़ों द्वारा आविष्कृत है।

बाद में इसी राह पर चलते हुए भारतीय विद्वानों ने भी हमारे वांग्मयों, हमारी परम्पराओं, हमारे महाकाव्यों और हमारे महाकवियों को संदिग्ध दृष्टि से देखना शुरू किया। यह औपनिवेशिक सोच हमारे यहाँ ब्राह्मण अथवा कुलीन दृष्टि को बहुत रास आई। यह दृष्टि हमारे गैर ब्राह्मण महाकवियों को हेय समझने की थी। इसी कुलीन दृष्टि के शिकार बहुत से कवियों के साथ कवि गंग भी हुए, जिनकी कथा आगे कही गई है।

अकबर के दरबारी कवि होकर भी कवि गंग को अपने समय और अपने जनमानस की सुध रहती थी। इसके बिना वे यह नहीं कह सकते थे—

गंग कहै सुनि साह अकब्बर सोई बड़ो जिन गाँठ रुपय्या!

कवि गंग गोस्वामी तुलसीदास के समकालीन इस अर्थ में भी थे कि इन दोनों कवियों ने भूख पर, दरिद्रता पर और मनुष्य की लाचारी पर मार्मिक काव्य लिखा है—

भूख में राजा को तेज सब घट गयो। भूख में सिद्ध की बुद्धि हारी।
भूख में कामिनी काम को तज गई। भूख में तजि गयो पुरुष नारी॥
भूख में कोउ व्यवहार नाहीं रहत। भूख में रहत कन्या कुमारी।
भूख में गंग नहीं भजन हूँ बन परत। चारहु बेद ते भूख न्यारी॥

कवि गंग भूख को चारों वेदों से अलग बताते हैं। कवि के स्वाभिमान की रक्षार्थ गंग ने अपने प्राण गँवा दिए। वह कथा आगे कथित है। कवि गंग ने करुणारहित-अर्थरहित कविता और चमत्कारप्रिय कवि के लिए कहा है—

> अर्थ बिना कवि वाक पशु प्रमानिये! अर्थात बिना अर्थ का
> कवि केवल वाक पशु है।

प्राक्कथन में इन सब बातों का ज़िक्र इसलिए किया गया है कि ये तमाम प्रसंग आगे कही गई कथा से न केवल जुड़ते हैं, बल्कि वे कथा को पाठक के लिए सुगम भी बनाते हैं। ये प्रसंग कथा के अर्थ को खोलते हैं और विस्तार देते हैं। लेखक की चाहना होती है कि उसकी बात को समूचे मर्म के साथ ग्रहण किया जाए और यह भी चाहता है कि उसकी बात का अनर्थ न हो। यह प्राक्कथन उसी के निमित्त है।

कोई भी कविता, कहानी, नाट्य, लेख, कृति, किताब इसीलिए लिखी जाती है कि लेखक कुछ कहना चाहता है। यह कुछ कहना ही रचना है। लिखने वाला इसलिए लिखता है कि उसके हृदय में कुछ करकता है, चुभता रहता है—इसी करकने वाले कांटे को निकालने के लिए ही लेखक लिखता है। जो किसी अन्य प्रयोजन के लिए लिखते हैं, वे लेखक तो हो सकते हैं पर सच्चे लेखक नहीं हो सकते। यह नया उपन्यास भी दिल का कांटा निकालने के लिए लिखा गया। यही समझा जाए।

कृष्ण द्वैपायन व्यास ने भी पुराणों और महाभारत की रचना इसी वेदना से की थी। किसी द्वीप पर किसी मछुवारन/धीवर के पेट से पैदा हुए कृष्ण द्वैपायन को यह बात खटकती थी कि भारतवर्ष के अधिकांश लोग वेदों के अध्ययन से वंचित थे। उस समय वेदाध्ययन का अधिकार केवल ब्राह्मण, क्षत्रिय और वैश्य जैसे द्विजमात्र को ही था। इन तीन वर्णों

में भी जिनका विधिपूर्वक उपनयन-संस्कार न हुआ हो, वे भी वेदाध्ययन से बहिष्कृत कर दिए जाते थे।

यह बात कृष्ण द्वैपायन के अन्त:करण में खटकती रहती थी। द्वैपायन चाहते थे कि वेदों के गम्भीर ज्ञान को सरल रूप देकर सभी मनुष्यों के लिए इसे उपलब्ध कराया जाए। *महाभारत* की रचना या जयकाव्य की पुनर्रचना का प्राथमिक उद्‌देश्य द्वैपायन के निकट यही था। इस बारे में ख़ुद द्वैपायन ने यह लिखा है—

स्त्रीशूद्रद्विजबंधूनां त्रयी न श्रुतिगोचरा।
इति भारतमाख्यानं कृपया मुनिना कृतम॥

अर्थात स्त्री, शूद्र और यथाविधि उपनयन-संस्कार से रहित लोग वेद को पढ़-सुन नहीं सकते, इसलिए व्यास मुनि ने कृपा कर *महाभारत* की रचना की।

महामहोपाध्याय पंडित गिरिधर शर्मा चतुर्वेदी का इस बारे में कथन है :

> *महाभारत* और *पुराण* महर्षि व्यास ने ऐसे लोगों को पढ़ाए, जो वेद पढ़ने का अधिकार नहीं रखता था। इससे भी उनका उद्‌देश्य स्पष्ट प्रकट हो जाता है कि वह वेद के अधिकार से शून्य जातियों में भी ज्ञान का प्रसार करना चाहते थे और किसी न किसी तरह उन जातियों के योग्य व्यक्तियों को भी उचित सम्मान दिलाना चाहते थे। उनका प्रतिफल भी ख़ूब प्रकट हुआ। सूत जाति के रोमहर्षण और उग्रश्रवा ने वह दुर्लभ सम्मान पाया, जो बड़े-बड़े ब्राह्मणों को भी हासिल नहीं था।

साहित्य-क्षेत्र का इतना भार उठाते हुए भी महर्षि व्यास ने सामाजिक और राजनीतिक कार्यों के लिए सुदूर देशों का भ्रमण किया, जिसका वृतांत

पुराणों में पाया जाता है। यह भी पुराणों से सिद्ध होता है कि उनका एक मंडल था, जो भारतीय दर्शन, साहित्य, संस्कृति और धर्म की रक्षा के लिए प्रयत्नरत रहते थे। ईरान इत्यादि अन्यान्य देशों के इतिहासों से भी यह पता चलता है कि व्यासजी समय-समय पर वहाँ भी पहुँचते थे तथा पुनर्जन्म आदि के सिद्धान्त वहाँ के लोगों को समझाते थे। *कालान्तर* में इसी तरह का काम गोरखनाथ ने भी किया। अस्तु।

कोई भी रचना या विचार हवा में नहीं पैदा होता, उसकी एक परम्परा होती है। भारतेन्दु के ज़माने में जो हिन्दी नई चाल में ढल रही थी उसकी भी परम्परा चली आती थी। यह नई चाल की हिन्दी क्या थी? कब यह नई चाल में ढलना शुरू हुई? यह तब तक स्पष्ट नहीं हो सकता, जब तक भारतेन्दु की पूर्ववर्ती गद्य-परम्परा का विश्लेषण न किया जाए। भारतेन्दु के पूर्व राजा लक्ष्मण सिंह और शिवप्रसाद सितारे-हिन्द टकसाली गद्य की रचना कर चुके थे। प्रेमघन भारतेन्दु को सितारेहिन्द का अनुकर्ता मानते थे। रामविलास शर्मा का इस बारे में मत है कि 1873 ईस्वी में हिन्दी नई चाल में नहीं ढली। यह कार्य बहुत पहले सम्पन्न हो चुका था।

नई चाल में ढलने के बाद हिन्दी में 'हँसमुख गद्य' विकसित हुआ जिसके बारे में कहा जाता है कि भारतीय नवजागरण में साम्राज्यवादी शक्तियों के विरुद्ध इसकी शुरुआत हुई। यह सही है, लेकिन यह जानना भी ज़रूरी है कि हिन्दी जब नई चाल में ढली उससे पूर्व हिन्दी में गद्य किस तरह का था? यही परम्परा 'चन्द छंद बरनन की महिमा' के गद्य तक जाती है और जिसे एशियाटिक लाइब्रेरी ने खड़ी बोली हिन्दी के गद्य का प्रथम नमूना कहा है। यही गद्य का नमूना इस पुस्तक का प्रतिपाद्य है। यही इस किताब का कथानक है और यही इस नया उपन्यास का कथ्य है। और यह और आश्चर्यजनक बात है कि इस नया उपन्यास का नायक इसका कथानक ही है। इसे भी कबीर की उलटबाँसी ही समझना चाहिए।

इस नया उपन्यास में जितने भी चरित्र या किरदार हैं, वे पुस्तकों से निकलकर ही यहाँ अपनी जगह खोजते हैं। चाहे वह 'चन्द छंद बरनन की महिमा' हो या 'पृथ्वीराज रासो' या यह 'जाली किताब'।

प्राक्कथन को पूर्ण कथन नहीं होना चाहिए और उसे अधूरा भी नहीं होना चाहिए। सो अब विराम लेना उपयुक्त होगा। अब पाठक इस सप्तखंडी इमारत के प्रथमखंड/अध्याय में प्रवेश कर सकता है।

बस इस बात का ध्यान रहे कि कथानक ज़रूर पुराना है, लेकिन उपन्यास नया है। उपन्यास नया है यह तो कोई नई बात नहीं। हर समय में हर भाषा में नए नए उपन्यास लिखे ही जाते रहे हैं और लिखे जाते रहेंगे, लेकिन इस उपन्यास की विशेषता यह है कि यह हिन्दी-भाषा का पहला नया उपन्यास है।

यह कहानी तब की है, तभी यह कहानी अब की है!

—कृष्ण कल्पित

जयपुर
7 फ़रवरी, 2023

होती है गरचे कहने से यारो पराई बात
पर हम से तो थमी न कभू मुँह पे आई बात!

—मीर तक़ी मीर

प्रथम अध्याय

पर अकाजु लगि तनु परिहरहीं।
जिमि हिम उपल कृषी दलि गरहीं॥
बंदउँ खल जस सेष सरोषा।
सहस बदन बरनइ पर दोषा॥

—गोस्वामी तुलसीदास : बालकांड : रामचरितमानस

[जैसे ओले खेती का नाश करके ख़ुद भी गल जाते हैं, वैसे ही खल दूसरों का काम बिगाड़ने के लिए अपने शरीर का भी त्याग कर देते हैं। मैं दुष्टों को हज़ार मुख वाले शेष की तरह प्रणाम करता हूँ, जो पराए दोषों का हज़ार मुखों से और बड़े रोष से वर्णन करते हैं!]

मैं भी अर्थात इस उपन्यास का लेखक भी मनुष्यता के इतिहास में अब तक पैदा हुए एक से बड़े एक जालसाज़ों को प्रणाम निवेदित कर इस पुस्तक के, जिसका शीर्षक 'जाली किताब' है—प्रणयन में प्रवृत्त होता हूँ।

जाल या जाली क्या होता है?

जाली या जाल का अर्थ क्या है? यह किस भाषा का शब्द है? जाली शब्द संस्कृत और अरबी, दोनों भाषाओं का है। संस्कृत में इस जाल को जालम कहा जाता है, जिसका अर्थ वामन शिवराम आप्टे के *संस्कृत-हिन्दी कोश* में फंदा, पाश, मकड़ी का जाला, कवच, जालियों का बना शिरस्त्राण, गवाक्ष, जादू, भ्रम, धोखा इत्यादि बताया गया है। और जाली का अर्थ बनावटी, कूटरचना, कपटलेख, धोखा और झूठा बताया गया है। पक्षियों को जाल में फँसाने वाले बहेलिए को संस्कृत में जालिकः कहा जाता है।

अरबी वाले जाली का अर्थ होता है—कूटता, छल, धोखा , फ़रेब, बनावट और वंचकता। फ़रहंग-ए-आसफ़िया में इसे लुग़वी मानी बदलना, तब्दील करना, मक्रो फ़रेब और नक़ली चीज़ पर असली का दावा करना कहा गया है। इसी से जालसाज़ बना है।

दोनों भाषाओं में जाली शब्द का अर्थ अलग अलग होते हुए भी मिलते-जुलते हैं। संस्कृत, अरबी, फ़ारसी भाषाएँ न केवल प्राचीन हैं, बल्कि इन भाषाओं और संस्कृतियों में आवाजाही भी प्राचीन है, इसलिए यह कोई अजूबा नहीं कि इन भाषाओं के बहुत से शब्दों के अर्थ मिलते-जुलते हैं।

यह तो शब्द और उसके अर्थ की बात हुई, लेकिन कोई किताब जाली कैसे हो सकती है? यह सही है कि अध्येताओं और आलोचकों ने बहुत-सी किताबों को जाली सिद्ध किया है। वह इसलिए कि किसी ने किसी अन्य उद्देश्य से या इतिहास में भ्रम फैलाने के निमित्त किसी किताब की रचना की हो। जाली किताब का एक कानूनी पहलू भी है। जैसे दिल्ली की बारहखम्बा रोड पर ट्रैफिक रुकने पर जो बच्चे किताबों का बंडल उठाए किताबें बेचते हैं, उनमें से अधिकतर दुनिया की बेस्टसेलर किताबों के अवैधानिक/पायरेटेड प्रिंट बेचते हैं। यह सही है कि इससे लेखक और किताब के मूल प्रकाशक को आर्थिक नुक़सान होता है, लेकिन इससे वह

किताब जाली कैसे हो गई? यदि पाठक को इस कथित किताब में अविकल और मूल टेक्स्ट मिलता है, तो किताब जाली कैसे हुई? प्रकाशक के लिए यह किताब जाली हो सकती है, लेकिन साधारण पाठक के लिए किताब जाली नहीं होगी।

यदि जालसाज़ी कूटरचना या दस्तावेज़ों में हेरफेर करना है, तो यह कहना होगा कि जालसाज़ी मूर्खों का नहीं बुद्धिमानों का काम है। निश्चय ही नक़ली दस्तावेज़ बनाना और हेरफेर करके किसी की सम्पति का अधिग्रहण करना या अन्य किसी तरह का किसी का नुक़सान करना नैतिक नहीं कहा जा सकता। यह आर्थिक अपराध की श्रेणी में आएगा। इससे किसी का नुक़सान यदि नहीं होता तो जालसाज़ी एक तरह ही कलाकारी ही कही जाएगी। लेकिन अपनी प्रतिभा से कथित जाली किताब का प्रणयन करना अपराध की श्रेणी में नहीं आ सकता। तब किसी किताब को फ़र्ज़ी या जाली क्यों कहा जाता है? किताब अच्छी हो सकती है या बुरी, लेकिन वह असली या नक़ली कैसे हो सकती है? किताब हज़ार साल तक पढ़ी जा सकती है या कल ही नष्ट हो सकती है, लेकिन वह जाली कैसे हो सकती है?

लेकिन क्या किया जा सकता है? हिन्दी के प्रथम आलोचक रामचन्द्र शुक्ल ने हिन्दी साहित्य का इतिहास में ही कई ग्रन्थों को जाली ठहराया है। किसी किताब को उसके टेक्स्ट/पाठ से ही परखा जा सकता है। उसे श्रेष्ठ या निकृष्ट कहा जा सकता है। किसी भी सृजनात्मक किताब को जाली कैसे ठहराया जा सकता है? यह आलोचना का कौन-सा पैमाना है? कुछ किताबों को तो इसलिए जाली ठहराया गया है कि उसका ऐतिहासिक कथानक इतिहास की किताबों से मेल नहीं खाता, जबकि लिखने वाले का इतिहास नहीं साहित्य लिखने का दावा है। वैसे इतिहास की किताबों से अधिक झूठ बोलने वाली किताबें कहाँ हैं? यदि साहित्य कल्पना और प्रतिभा का काम है और कवि लेखक वास्तविक और अवास्तविक के रसायन से बनता

है, तो फिर कहना चाहिए कि साहित्यकार से अधिक जालसाज़ कौन है?

मैं जिस जाली ठहराई गई किताब की जो बेहद दिलचस्प दास्तान आपको सुनाने जा रहा हूँ, उसे कलकत्ता की एशियाटिक सोसाइटी ने हिन्दी गद्य का प्रथम नमूना कहा है। यानी हिन्दी गद्य की प्रथम कृति। यह बात किंचित दुखी होने की है कि क्या हिन्दी गद्य की बुनियाद जालसाज़ी पर खड़ी है!

इस जाली किताब का नाम है—*चन्द छंद बरनन की महिमा*। इस किताब के लेखक कवि गंग कहे जाते हैं। आश्चर्य इस बात का है कि गंग रचनावली का सम्पादन करने वाले विद्वान बटे कृष्ण ने *चन्द छंद बरनन की महिमा* नामक इस गद्य पुस्तक को रचनावली में शामिल भी किया है और इस पुस्तक को जाली भी बताया है : यह ग्रन्थ जाली है सिरनामा से लेकर इतिश्री तक। इसकी रचना इसलिए हुई है कि जो लोग रासो को जाली बताते हैं, उनके सामने एक ऐसा प्रमाण उपस्थित हो जाए, जो रासो की प्राचीनता को बखाने। इस ग्रन्थ का विषय भी यही है।

यह क्या तर्क हुआ किसी किताब को जाली ठहराने का? इस किताब में ऐसा वर्णन है कि बादशाह अकबर दिल्ली के हिन्दू शासक की शान में चन्द बरदाई द्वारा लिखा गया युद्ध-काव्य पृथ्वीराज रासो सुनना चाहते हैं। कवि गंग को यह काम सौंपा गया। इसी घटना का विस्तृत, रोचक-रोमांचक वर्णन बरनन में है। अब बताइए यदि पुस्तक में रासो काव्य की श्रेष्ठता वर्णित की गई है, तो किताब जाली कैसे हो गई। पृथ्वीराज रासो भी एक महाभारत है। यदि कोई किताब लोक को कुलीन से प्रतिष्ठित करना चाहता है तो यह इस किताब के लेखक के विचार हैं। इससे किताब कैसे जाली हो गई? उस अलौकिक काव्य-पाठ में जो राजे-रजवाड़े-सामन्त इत्यादि मौज़ूद थे, वे यदि आपकी ऐतिहासिक किताबों से मेल नहीं खाते तब भी कोई किताब जाली कैसे हो सकती है। इसे तो उसकी कल्पनाशीलता और

जादुई-विभ्रम पैदा करने वाले साहित्यिक गुणों से लैस समझना चाहिए।

यह भी कहा जा सकता है कि गंग तो ख़ुद अकबर को ऊँचे आसन पर बैठकर रासो सुना रहे थे। वे तो इस कथावाचन के नायक थे। और ख़ुद गंग ने यह किताब लिखी। यह गहरा सन्देह है? ठीक। यदि किसी और ने भी यदि यह उत्कृष्ट कृति कवि गंग के नाम से प्रसिद्ध कर दी हो, तब भी इस कृति को जाली नहीं कहा जा सकता। यह एक साहित्यिक युक्ति भी हो सकती है। गंग की नहीं होकर भी *चन्द छंद बरनन की महिमा* का साहित्यिक महत्त्व कम नहीं हो जाता। काशी के पंडित यदि राजस्थान के एक भाट कवि चन्द बरदाई के रासो को फ़र्ज़ी ठहरा सकते हैं, तो कोई बावला बरदाई महाभारत को भी जाली ठहरा सकता है।

अभी हम कोई फ़ैसला नहीं सुना रहे। न कोई साहित्यिक मूल्यांकन कर रहे। लेखक का काम यहाँ उस किताब की दिलचस्प दास्तान सुनाना है। आगे वह भी सुनाएंगे। आगे इस किताब का किस्सा सुनाते हुए आनन्द के अनगिनत क्षण आएँगे। किताबों में तो किस्से होते ही हैं, लेकिन जब कोई किताब किस्सा बन जाए तो क्या कहने! वही किस्सा धीरे-धीरे आपको सुनाएँगे।

अब इससे भी दिलचस्प बात सुनिए कि यह किताब जिसका किस्सा सुनाने को यह वार्ता लिख रहा हूँ, वह किताब जिस *पृथ्वीराज रासो* की महिमा का बखान करती है, उसको भी साहित्यिक महापुरुषों ने जाली ग्रन्थ ठहरा रखा है। वाह रे साहित्यिक न्याय? जैसे जाली साहित्य की भी प्राचीनकाल से परम्परा चली आती हो!

पृथ्वीराज रासो की तुलना महाभारत से की जाती है।

उसकी साहित्यिक उत्कृष्टता स्वयंसिद्ध है। रासो दिल्ली के हिन्दू सम्राट पृथ्वीराज चौहान के जीवन और युद्धों पर आधारित है। *ताहि पर सुल्तान है मत चूके चौहान* कहने वाला पृथ्वीराज का प्रिय सखा चन्द बरदाई।

पृथ्वीराज रासो को रामचन्द्र शुक्ल *हिन्दी साहित्य का इतिहास* में प्रथम महाकवि के रूप में चिन्हित करते हैं और उनके ग्रन्थ को जाली भी ठहराते हैं। यह कौन-सा साहित्यिक न्याय है? जाली भी ऐतिहासिक और कुछ अमान्य आधार पर। जबकि रासो काव्यग्रन्थ है। उसके काव्य का परीक्षण ही किसी आलोचक का ध्येय होना चाहिए।

पृथ्वीराज रासो ढाई हज़ार पृष्ठों का बहुत बड़ा ग्रन्थ है, जिसमें 69 समय, सर्ग अथवा अध्याय हैं। इस ग्रन्थ में प्राचीन समय के सभी प्रचलित छंद मिलते हैं, यथा कवित्त, दूहा, तोमर, त्रेटक, गाहा और आर्या। कादम्बरी के बारे में जो कहा जाता है कि उसका अन्तिम भाग बाण के पुत्र ने पूरा किया, उसी तरह पृथ्वीराज रासो का आख़िरी भाग उसके पुत्र जल्हण ने पूरा किया। रासो में कहा गया है कि जब शहाबुद्दीन गोरी पृथ्वीराज को क़ैद करके गजनी ले गया था, तो चन्द भी गजनी पहुँचे थे। जाते समय कवि ने अपने पुत्र जल्हण के हाथ में रासो देकर उसे पूर्ण करने को कहा। जल्हण के हाथ में रासो जब सौंपा जाता है, इसका उल्लेख रासो में है—*पुस्तक जल्हण हत्थ दै चलि गज्जन नृपकाज!*

तो ऐसे अब तक चले आते उत्कृष्ट ग्रन्थ को कोई जब नक़ली कहे, फ़र्ज़ी कहे, झूठा कहे तो किसी भी पाठक का गुस्सा जायज़ है। रामचन्द्र शुक्ल रासो को अपने इतिहास में ससम्मान शामिल करके उसे संदिग्ध ठहराते हैं : जो पुराने काव्य जैसे *पृथ्वीराज रासो* आजकल मिलते हैं, वे संदिग्ध हैं। इसी संदिग्ध सामग्री पर कुछ विचार हो सकता है।

आगे भी लिखते हैं—

> चन्द ने पृथ्वीराज का जन्मकाल संवत 1115 में, दिल्ली जाना 1122 में, कन्नौज जाना 1151 में और शहाबुद्दीन के साथ युद्ध 1158 में लिखा है। पर शिलालेखों और दानपत्रों में जो

संवत मिलते हैं, उनके अनुसार रासो में दिए गए संवत ठीक नहीं है। इस साहित्य मूल्यांकन पर क्या कहा जा सकता है? अब क्या हम उपन्यासों का शिलालेखों से मिलाकर मूल्यांकन करेंगे? ये साधारण से सवाल हैं, जो किसी भी पाठक के भीतर उठ सकते हैं। यही कहा जा सकता है कि कई बार अमरता भी अभिशाप बन जाती है। पृथ्वीराज रासो अमर ग्रन्थ है लेकिन जाली!

ऐसा नहीं कि आचार्य शिरोमणि को यह नहीं पता कि रासो इतिहास नहीं काव्यग्रन्थ है। फिर आलोचना का दिलचस्प पैमाना देखिए—

> इतिहास विरुद्ध कल्पित घटनाएं जो भरी पड़ी हैं, उनके लिए क्या कहा जा सकता है? माना कि रासो इतिहास नहीं, काव्यग्रन्थ है। पर काव्यग्रन्थों में सत्य घटनाओं में बिना प्रयोजन उलट फेर नहीं किया जाता। इस सम्बन्ध में इसके अतिरिक्त कुछ नहीं कहा जा सकता कि यह पूरा ग्रन्थ जाली है।

बेचारे चन्द बरदाई जीवित होते, तो शुक्लजी उन्हें जालसाज़ी के आरोप में अंदर करवा देते।

नागौर राजस्थान में रहने वाले चन्द के वंशज नानूराम की यह बात ध्यान से सुनना ज़रूरी है कि आगे जो *चन्द छंद महिमा बरनन* की कथा मैं सुनाने जा रहा हूँ उसका इस बात से गहरा सम्बन्ध है। शुक्लजी के अनुसार नानूराम का कहना है कि चन्द ने तीन या चार हज़ार श्लोक संख्या में रासो बनाया था। उसके पीछे उनके लड़के ने अन्तिम दस समयों को लिखकर ग्रन्थ पूरा किया। पीछे से और लोग इसमें आवश्यकतानुसार जोड़-तोड़ करते

रहे। अन्त में अकबर के समय इसने अपना परिवर्तित रूप धारण किया। अकबर ने इस प्रसिद्ध ग्रन्थ को सुना था। उसके इस प्रकार उत्साह प्रदर्शन करने पर कहते हैं कि उस समय बहुत रासो रचे गए। नानूराम का कहना है कि असली पृथ्वीराज रासो की प्रति मेरे पास है। लेकिन उन्होंने महोबा समय की जो नक़ल महामहोपाध्याय पंडित हरप्रसाद शास्त्री को दी थी, वह और भी उटपटांग और रद्दी है।

कहने का अर्थ हर दृष्टि से पृथ्वीराज रासो को जाली और रद्दी ठहराने की कोशिश करते हैं, जो आज भी अपनी महाकाव्यात्मकता और साहित्यिक गुणों से जीवित है। कुछ किताबें विद्वानों और आलोचकों को मुंह चिढ़ाते हुए अगली से अगली शताब्दी में चलती जाती हैं। किसी विद्वान के जाली कह देने से कोई किताब फ़र्ज़ी नहीं हो जाती। इसी अमर ग्रन्थ *पृथ्वीराज रासो* को अकबर द्वारा सुनने की कथा *चन्द छंद बरनन की महिमा* में कही गई है। उसकी रोमांचक कथा आपको सुनाएंगे और फिर उन कारणों की भी पड़ताल करेंगे, जिनके कारण हिन्दी भाषा के गद्य के इस प्रथम नमूने को जाली कहा गया।

लेकिन अकबर द्वारा रासो सुनने की अद्‌भुत कथा आपको सुनाएं, उससे पहले आपको कवि गंग से परिचित होना पड़ेगा। क्योंकि जिस किताब को जाली कहा जा रहा है, वह वह कवि गंग की ही प्रसिद्ध किताब है। और जो अकबर द्वारा रासो श्रवण की कथा है, उसमें स्वयं कवि गंग उपस्थित हैं। केवल उपस्थित ही नहीं, प्रमुख भूमिका में। अकबर से भी ऊँचे आसन पर बैठकर वे दरबार में रासो सुना रहे हैं।

कवि गंग के वास्तविक नाम को लेकर भी कई अनुमान हैं। कुछ साहित्य-अध्येता उन्हें ब्राह्मण समझते हैं तो कुछ ब्रम्हभट्ट। शिवसिंह सरोज में गंग को ब्राह्मण कहा गया है। लेकिन अधिकतर अध्येता उन्हें ब्रम्हभट्ट मानते हैं। इसका कारण शायद यह रहा हो कि उनकी रचनाओं में भी कई

स्थलों पर भट्ट शब्द का व्यवहार यह बताता है कि कवि गंग बंदीजन परम्परा से आते हैं। गंग के लिए यह भी कहा जाता है कि इन्हें ब्राह्मणों का अनादर और उत्पीड़न सह्य नहीं था।

तुलसी गंग दुवो भए सुकवियन के सरदार। सुकवियों के सरदार गंग कौन थे ये सुनने से पहले गंग के सम्मान में कहे गए इस पद्य का आनन्द लें।

सब देवन को दरबार जुड़्यो तहँ पिंगल छंद बनाय कै गायो।
जब काहू ते अर्थ कह्यो न गयो तब नारद एक प्रसंग चलायो
मृतलोक में है नर एक गुनी कवि गंग को नाम सभा में बतायो
सुनि चाह भई परमेसर को तब गंग को लेन गनेश पठायो!

क्या रुतबा था कवि गंग का। देवों के दरबार में बुलाए जाते थे। गणेश उनको लेने आते थे।

कवि गंग अकबर के दरबारी कवि थे और रहीम खानखाना के प्रिय। यह प्रसिद्ध है कि इनके एक छप्पय पर ख़ुश होकर खानखाना ने इन्हें 36 लाख रुपये दिए थे। *चकित भँवरि रहि गयो!*

ऐसे हाज़िरजवाब उत्कृष्ट कवि गंग के लिए कहा जाता है कि वे किसी नवाब या राजा की आज्ञा से हाथी से चिरवा डाले गए थे। मरने से पहले कवि गंग ने यह दोहा कहा था—

कबहुँ न भडुआ रन चढ़े कबहुँ न बाजी बंब।
सकल सभाहि प्रनाम करि विदा होत कवि गंग!

कवि गंग को हाथी से चिरवा दिया गया। यही लोक प्रसिद्ध है। इस कथा के कई प्रवाद हैं। दरबारे अकबरी के हवाले से लिखा गया कि इन्हें शाहजहाँ ने किसी छंद पर नाराज़ होकर हाथी से चिरवाया था। गंग ने साहिन के सूरा जहाँगीर को यह सुनाया था—

कहै कवि गंग सुनो साहिन के साहि सूरा
आदमी को तोल एक बोल में पिछानिये!

कुछ छंदों के आधार पर एक कथा यह भी प्रचलित है कि जेन ख़ाँ ने इकनौर के ब्राह्मणों का वध करवाया था और कवि गंग ने इसका विरोध किया था। इसी कारण गंग को हाथी के पैरों तले कुचलवा दिया गया था। इसीलिए किंवा लोक में यह उक्ति प्रचलित है—*बातें हाथी पाइए, बातें हाथी पाव!*

यह भी एक प्रवाद है—

भाख्यो कछुक अजोग़ पाठि राज़ी उर आयो
बेगम करि अति क्रोध तुरत गज तरे दिवायो!

कवि गंग अन्त:पुर की किसी बेग़म पर आशिक हो गए थे। एक बार अपनी आदत के अनुसार कुछ खरी पर कटु बात कह दी, तो बेग़म ने कवि गंग को हाथी से चिरवाया।

और कवि गंग की जघन्य हत्या पर हिन्दी के काव्यरसिकों के बीच यह काव्यात्मक प्रवाद भी प्रचलित है। कहा गया कि एक बार कवि गंग किसी मुसलमान बादशाह के दरबार में थे। बादशाह दोपहर को महल की छत पर अपनी नवेली बेग़म के साथ रमण करके दरबार में आया था और आते ही उसने दरबार में यह समस्या पूर्ति रखी—ठननँ ठननँ ठननँ ठहक्यो! सभी दरबारी बगलें झाँक रहे थे कि कवि गंग ने यह सवैया पढा—

करि कै जु सिंगार अटारी चढ़ी मनि लालन सों हियरा लहक्यो।
अब अंग सुबास सुगन्ध लगाइ कै बास चहूँ दिसि को महक्यो।
कर तें इक कंकन छूटि पर्यो सिंढ़िया सिढ़िया सिढ़िया बहक्यो।
कवि गंग कहे भणै इक सब्द भयो ठननँ ठननँ ठननँ ठहक्यो!

जो बादशाह कुछ देर पूर्व महल की छत और सीढ़ियों पर कामकेलि करके आया था कवि गंग ने हूबहू वही वर्णन कर दिया तो बादशाह को लगा कि ज़रूर कवि गंग ने उसे छिपकर कामकेलि करते देख लिया है। उसने तुरन्त आदेश दिया—

कवि गंग को हाथी के पैरों के नीचे दे दो!
गंग ऐसे कवि को गयंद से चिराइये!

द्वितीय अध्याय

जैसा कि पूर्व कथन है कि कवि गंग को अच्छी तरह जाने बिना कथानक आगे नहीं बढ़ सकता। हालांकि यह भी सही है कि यह समय कथानकविहीनता का है। कथानकविहीनता ही अब कथानक है।

कवि गंग अपनी तरह के मतवाले, अलबेले और विदग्ध कवि थे। सभी श्रेष्ठ आलोचकों ने उन्हें श्रेष्ठ कवि ठहराया है। इतनी शताब्दियों बाद भी उनके पद्य जनमानस के कण्ठहार हैं। यह भी सही है कि हिन्दी की नई पीढ़ी गंग को कम जानती है। कवि गंग मीर और ग़ालिब के मुक़ाबले के कवि हैं। जिस तरह मीर और ग़ालिब की शाइरी के साथ उनका जीवन भी उतनी ही दिलचस्पी से पढ़ा जाता है, उसी तरह गंग के कवि जीवन की घटनाओं को भी काव्यरसिक उसी तन्मयता से पढ़ते-सुनते और गुनते हैं।

कवि गंग ने एक रोमांचक जीवन जिया। *कर्णपर्व* के रचयिता श्रीपति ने ख़ुद को गंग का छोटा भाई बताया है। अपने स्वपरिचय में श्रीपति लिखते हैं : मैं धर्मदास का पुत्र हूँ और हम पाँच भाई हैं—गंग, खड्गसेन, दलपति, श्रीपति और अनन्त। श्रीपति लिखते हैं कि मेरे पिता ने भीष्म और द्रोण पर्वों की रचना की और जब उनकी मृत्यु आसन्न थी, तो मैंने उनके

अधूरे काम को पूरा करने के निमित्त *कर्णपर्व* की रचना की। श्रीपति के इस कथन से यह पुष्टि होती है कि कवि गंग कविकुल परिवार से थे। गंग कवि अकबर के समकालीन थे यह निर्विवाद है। अकबर की मृत्यु संवत 1662 ने हुई, तब कवि गंग जीवित थे। हालांकि साहित्य अध्येता इस बात से भी तकनीकी आधार पर सहमत नहीं हैं कि श्रीपति गंग के भाई थे और धर्मदास पिता।

कवि गंग इटावा जिले के इकनौर गाँव के थे। जैसा कि कहा जा चुका है कि इसके प्रमाण में जेन ख़ाँ से सम्बन्धित जिन छंदों का उल्लेख किया जाता है और कहा जाता है कि जेन ख़ाँ ने इकनौर के ब्राह्मणों का वध किया था, जिसका कवि गंग ने विरोध किया था और जिसके कारण उन्हें शाही कोप का भाजन बनना पड़ा। कवि गंग ब्रम्हभट्ट थे अर्थात ब्राह्मण तो थे, लेकिन कुलीन नहीं। कुछ अध्येताओं का विचार है कि याचनावृत्ति के कारण गंग को लोग श्रेष्ठ ब्राह्मण न मानकर उनकी कुछ उपेक्षा करते रहे हों, जिस कारण उन्हें अपने ब्राह्मणत्व का डंका पीटना पड़ा हो और यह भी कह सकते हैं कि भाटों का आदर ब्राह्मणों के समान नहीं होता था और वे श्रेष्ठ ब्राह्मण की सी प्रतिष्ठा के अभिलाषी रहे हों, इस कारण भी कवि गंग ख़ुद को ब्राह्मण प्रतिपादित करते रहे।

कवि गंग का अधिकांश जीवन दरबारों में ही बीता। मृत्यु भी किसी दरबार में ही हुई। दानियाल की दक्षिण-विजय और मानसिंह की बंगाल-विजय के अभियानों में वे साथ थे ये उनकी रचनाओं में आए प्रसंगों से ज़ाहिर है। राजा मानसिंह और खानखाना रहीम के कवि गंग प्रिय थे। जहाँगीर के समय में उनके आश्रयदाता राजा मानसिंह और खानखाना, दोनों मुग़ल-दरबार में अपना प्रभाव खो चुके थे। राजा मानसिंह की मृत्यु का भी यह समय है। इसी के आसपास कवि गंग को भी अपनी वाकविदग्धता के लिए अपना जीवन गँवाना पड़ा।

शम्सुलउलेमा मौलाना मुहम्मद हुसैन आज़ाद ने अपनी किताब *दरबारे अकबरी* में अब्दुर्रहीम खानखाना पर जो वृतांत लिखा है, जिसमें एक भाट का ज़िक्र आया है उसे कवि गंग से ही जोड़कर देखा जाता रहा है। आज़ाद ने लिखा है : एक दिन जहाँगीर बादशाह तीर चला रहा था। किसी भाट के बढ़-चढ़कर व्यंग्य बोलने पर रुष्ट होकर आज्ञा दी कि इसे हाथी के पैरों तले कुचलवा दो। उसने निवेदन किया कि हुज़ूर, इस तुच्छ सेवक के लिए हाथी की क्या ज़रूरत है। वह क्या करेगा। इसके लिए तो एक चूहे या चिड़े का पैर ही बहुत है। हाथी का पैर तो खानखाना के लिए चाहिए, जो बहुत बड़े आदमी हैं। खानखाना पास ही खड़े थे। जहाँगीर ने यह जानने के लिए खानखाना की ओर देखा और पूछा—कहो, क्या कहते हो? खानखाना बोले कि हुज़ूर के सदके से ईश्वर ने मुझ तुच्छ व्यक्ति को ऐसा कर दिया कि यह मुझे बड़ा आदमी समझता है। मैंने उसी समय ईश्वर को धन्यवाद दिया और कहा कि जब इसका अपराध क्षमा हो, तब इसे पाँच हज़ार रुपए पुरस्कार देना। हुज़ूर की जान और माल की दुआ देगा।

हो सकता है इस समय खानखाना के हस्तक्षेप से कवि गंग की जान बच गई हो लेकिन कब तक? ऐसी कटूक्तियाँ और व्यंग्य बोलने वाले कवि की जान कब तक बच सकती थी? यदि यह कथा गंग भाट की ही है, तो इससे अनुमान लगाया जा सकता है कि गंग अपनी मृत्यु के समय भी शाही दरबार में ही रहे और बढ़-चढ़कर व्यंग्य बोलते थे और हाज़िरजवाब तो गंग थे ही। इस कथा से यह नहीं पता चलता कि आख़िर वह व्यंग्य क्या था, जिसका इनाम उन्हें हाथी का पाँव मिला। आज़ाद साहेब ने लेकिन इस कथा का कोई आधार नहीं बताया। लगता है, सुनी-सुनाई बात लिख दी है। हालांकि मुग़ल दरबारों में कवियों को हाथी द्वारा चिरवाए जाने की घटना कोई नई नहीं थी। फ़ारसी के प्रसिद्ध कवि ताजुद्दीन देहलवी को

गयासुद्दीन बलबन ने इसी तरह हाथी के पैरों तले रौन्दवा दिया था। इस बात का उल्लेख घटना के कोई डेढ़-सौ बरस बाद मुहम्मद बिन किवाम ने अपनी एक टीका *मखजन-ए-अशआर* में किया है।

गंग के जीवन-चरित के बाद हम उस जाली किताब की ओर लौटते हैं जिसकी कथा कहना ही इस किताब का मन्तव्य है। गंग के नाम पर बहुत-सी रचनाएँ प्रसिद्ध हैं— *गंग पदावली, गंग रत्नावली* के अतिरिक्त *लीलासागर* और *कृष्ण मंगल*। गंग के कवित्तों का एक संग्रह *खानखाना-कबित्त* के नाम से भी पाया जाता है, जिसमें रहीम की प्रशंसा में पचास कवित्त संकलित हैं। *गंग-रचनावली* के विद्वान सम्पादक बटे कृष्ण उस जाली किताब के बारे में कहते हैं : गंग के नाम पर मिलने वाला एक परम प्रख्यात ग्रन्थ है— *चन्द छंद बरनन की महिमा।* यद्यपि इस ग्रन्थ में गद्य और पद्य दोनों हैं लेकिन हिन्दी इतिहासकारों ने इसे खड़ी बोली गद्य का आदिग्रन्थ माना है। इसे ही एशियाटिक सोसायटी ने हिन्दी गद्य का प्रथम नमूना कहा है। इस जाली किताब का शिल्प कवित्त और वार्ता पर टिका हुआ है। पहले एक कवित्त कहा गया है और उसके बाद वार्ता। पहले पद्य और फिर गद्य। वार्ता को आप बात समझ सकते हैं या कथा। वर्णन तो इस किताब के शीर्षक में ही तद्भव रूप में मौज़ूद है।

बरनन अर्थात वर्णन।

इस जाली किताब के कथ्य या कथानक के पहले इसकी मूल भाषा और शैली जानने के लिए यह नमूना पढ़ लेना उचित रहेगा, जिससे पाठक जान सके कि आज जो हिन्दी में गद्य लिखा जा रहा है उसकी बुनियाद कैसी थी। नमूने के बतौर इस किताब में से एक कवित्त और वार्ता का एक अंश यहाँ लिख रहा हूँ।

॥ कवित्त ॥

नहीं ईद नहीं चन्द नहीं कोई मंडल धारे
नहीं शेस महेश नहीं सूर अशूर सेंवारे
नहीं पीर पीरान नहीं कुंतब शे तारे
नहीं नाग नरलोक नहीं शागर विस्तारे
चवदेतूपक नव षडना कथवदना ए सें सच्यो
वुलवुल कमाल वीचैई अकबर नूरवाँ दीन रच्यो!

॥ वार्ता ॥

पातशा ऊठ शलाम ले : वाहाँ पसाव दीया अपनी बैठक पर बैठ गया : आरबि मानवर आसामी नज़राना करने व्हाले नज़राना कर खड़े हें के ही तरे कें नाच मूजर हो रए हे गायन खड रागनी शुणा रहे हैं : अनेक प्रकार के नाटक हो रहा हे जीस पीछे से केही : किताबु का किशा वंच रहे हें लाखूं रूपे की ईनाम मिक रही हे बहोत आनन्द हो रहा है ईतने में राजा श्री बगेल ने अरज करीके हजरत शलामत सब किताबू का कीसा अछा हें परन्तु येक कीसा प्रथिराजशा का बहोत अछा हे ओर कीसा तो ओर ओर देस का हे प्रथिराजरासा का कीसा तो दली का हे : दली का कीसा तो दलेशुर सुनना चाहीए : बादशाह होकम किया के य कीसा पृथिराजरासा का कीसा कूँ याद है : इस कीसा की तो मुजकु बेहरम खां जी ने एक दिन अगाड़ी बी कहा था लेकिन मैंने उश दिन उश बात पे ध्यान नहीं रखा था शच कहो ये कीसा किस कूं याद हे :

आज येही शुनेंगे : इतने में जेपुर के राजा श्री भगुतीश जी के पुत्र श्री मानसिंह जी ने अरज करी के शाहा शलामत : गरीब परवर : ऐ कीसा बाबा गंग जी कूं याद है ओर इशकी पुस्तक बी इनके घराने में इनके सनबन्धियों ने शे लिखा आया है : सो इनके पास हे ईतनी सुनकर करके पातशाहा जी श्री अकबर साहा जी बाबा गंग भाट जी कूं फ़रमाया के शुनते हो बाबा गंग भाट जी आज हमकू दली के चुहान राजा प्रथिराज का : प्रथिराज रासा सुनाओ जद बाबा गंग भाट जी ने अरज करी के दलीपत दलेशुर : परमेसरून साहा अकबर नरेशुर : भूमिपति राव राजा क ईश्वर परवरदिगार : मकामदार चोविंश पीर हमेसा पसवाई षबरदार : खुदा ने हुकूम कीया हे सो में अरज करता हूँ प्रथिराज रासा बड़ी भारी महाकाव्य हे सो ईश काव्य का बड़ा अदब रखना पड़ता हे : जद ये रास बंचता हे जिश ठिकाने आपका कोई कीसे वाल्हा बैठा होवे तो : आपकु दुशरी औल में बैठना चाहिए ओर आमें सामें नहीं बैठने पावे तीसरा कोई हथियार ले के आमखास में नहीं आवे चौथा इस काव्य कूं आदशे ले करके अन्त तलक सम्पूरन शुने जब इसका मज़ा आवे इस काव्य का एक लाख ग्रन्थ हे सो येक दीन के सुनने से समुन्द्र रूपी रासा जिसकी तरंगु का पार नहीं आवे ईतनी सुनके पातशाहा जी श्री अकबर शाहा जी ने होकम किया कि अपने कहाँ जाना हे बरश दोय बरश तक सम्पूरन होवे जीतने बांचे जाओ दील खोलकर अच्छे तरह से हमकूँ सुनाओ..!

तब अकबर ने ख़ुद कवि गंग से दिल्ली के हिन्दू सम्राट पृथ्वीराज चौहान की कथा सुनाने की अरज की। यह खड़ी बोली हिन्दी के प्रथम गद्य

का नमूना है। पूरी कथा इसी शैली, भाषा और शिल्प में कही गई है। यह फ़ारसी मिश्रित हिन्दी है, जो यदि ध्यान से पढ़ा जाए तो समझने में अधिक मुश्किल नहीं है। पूरी कथा रस से भरी हुई है। इस आनन्द-सागर में पाठक डुबकी लगा सकते हैं। अकबर द्वारा पृथ्वीराज रासो के श्रवण की इस कथा का बहुत मज़ेदार बरनन है।

अकबर अनपढ़ होते हुए भी विद्वान था। उसे विद्वानों, गुणियों, कवियों की संगत भाती थी। अकबर के नवरत्नों से सब परिचित हैं। कवि गंग भले नवरत्नों में शामिल नहीं थे, लेकिन रहीम खानखाना और राजा मान सिंह के कारण उनकी अकबर के दरबार में आवाजाही थी। अकबर पृथ्वीराज चौहान की वीरता का प्रशंसक था यह बात साबित है। लोक वार्ताओं के अतिरिक्त इतिहासकारों ने भी इस बात की पुष्टि की है कि अकबर ने पृथ्वीराज रासो को अविकल सुना था और विभोर हुआ था। आचार्य रामचन्द्र शुक्ल भी इस बात को मानते हैं।

अब समय आ गया है कि इस जाली किताब का दरवाज़ा खोलकर उसके भीतर प्रविष्ट हुआ जाए। पाठक भी मूल कथा के आनन्द के लिए कुछ और बातें इसलिए सुन रहा है, जिससे उसके सामने कथा अपने पूरे प्रसंगों के साथ खुल सके। कथा से तादात्म्य स्थापित कर सके। तो आइए कवि गंग विरचित *चन्द छंद बरनन की महिमा* के गद्य और पद्य का रसास्वादन करें!

कथा अकबर के दरबार से खुलती है, जहाँ एक समय अकबर बादशाह आमखास में बैठे हुए थे। सब राव, उमराव, मीर, अमीरज़ादे, ख़ानज़ादे आदि अपने-अपने नियत स्थान पर विराजित थे। लखनऊ, हैदराबाद, कोलारश, बनारसी, प्रयागराज, ब्रम्हावर्त, धौलपुर, मथुरा, रामपुर, बाँसबरेली, भोपाल, गौड़देश और सिंध हैदराबाद के तो ख़ानज़ादे थे और जोधपुर, जयपुर, उमरकोट, जैसलमेर, उदयपुर, कच्छभुज, सिरोही, हलवद,

गिरनार, भावनगर, दक्षिणी कर्नाटक, मांडव, सालेर, धारानगर, बीकानेर, मेहशर, दशोर, मेड़ता, उज्जैन, बंगाल, रामपुरा, टोडा, बूंदी, लाखरिसोंपुर, काशी, जामनगर, राजगढ़, रीवाँ, सुदामापुरी के सरदार थे। अर्थात समूचे आर्यावर्त के लोग इसमें मौज़ूद थे। इससे पाठक इस बात का अंदाज़ा भी लगा सकते हैं कि अकबर का साम्राज्य कितनी दूर-दूर तक फैला हुआ था। और लेखक की यह मंशा भी रही होगी कि काव्य-श्रवण की इस अद्‌भुत महफ़िल में प्रतिष्ठित गवाह जुटाए जाएं। जो भी हो, वर्णन में कोई कमी नहीं है।

अब देखिए, उस सभा में उपर्युक्त के अतिरिक्त और कौन लोग उपस्थित थे। लेखक आगे वर्णन करते हुए कहता है कि दरबार में उदयपुर के मंत्री टोडरमल थे। बीरबल ब्राह्मण थे। सब सत्तर ख़ान थे, बहत्तर उमराव, राजा, राव, जागीरदार, नवाब, मिरजे आदि आकर दरबार में बैठ गए। अब यहाँ पर इस जाली किताब के लेखक और नायक कवि गंग प्रवेश करते हैं। इतने में बाबा गंग भाटजी ने आकर आसीस कही। बादशाह ने उठकर सलाम लिया और बारह पसाव दिए। लेखक के इस बरनन की गहराई में जाइए। कवि गंग अकबर को आशीर्वाद देते हैं और अकबर उठकर यह सलाम क़बूल करता है। यह आश्चर्य की बात कि इस किताब को लिखने वाले कवि गंग ख़ुद को जी कहकर संबोधित करते हैं। बाबा गंग भाटजी। यह बात इंगित करती है कि हो सकता है यह कृति कवि गंग ने न लिखी हो। हो सकता है इसे कवि गंग को अमर करने के लिए उनके किसी प्रतिभाशाली शिष्य ने लिखी हो। इस बात पर बाद में विचार करेंगे। अभी तो आप कथा सुनो।

इसके बाद तुरंत मैन भाट ने दरबार में आकर अकबर को आशीर्वाद दिया। बादशाह ने फिर से उठकर सलाम क़बूल किया और भाट को बारह पसाव दिए और फिर से अपने सिंहासन पर बैठ गए। अन्य नज़राना करने

वाले असामी नज़राना करके खड़े थे। दरबार में कई प्रकार का नाच-गाना मुजरा हो रहा था। अनेक राग गाए जा रहे थे। नाटक हो रहे थे। पीछे से लोग किताब का किस्सा पढ़ रहे थे। लाखों रुपयों का इनाम मिल रहा था। बहुत आनन्द हो रहा था।

कथा दरबार के इस वर्णन के आगे बढ़ती है। इतने में श्री बघेल राजा ने बादशाह से निवेदन किया कि सब ग्रन्थों की कथाएँ अच्छी हैं और भिन्न-भिन्न देशों की है, किंतु पृथ्वीराज रासो की कथा दिल्ली की है। दिल्ली की यह कथा दिल्लीश्वर को अवश्यमेव सुननी चाहिए। धीरे-धीरे लेखक अब उस पुस्तक पर आया है, जिसकी कथा अकबर को सुननी है। साहित्यिक दृष्टि से यह वर्णन की प्रासंगिकता और विश्वसनीयता है, जो पाठक को अपनी गिरफ़्त में लेती चलती है।

बघेल राजा की यह बात सुनकर अकबर ने कहा कि इस कथा की तो मुझे याद है। बहरम खान ने एक दिन पहले भी मुझे यह कथा कही थी, लेकिन उस दिन मैं इस पर पूरा ध्यान नहीं दे पाया था। इसके बाद अकबर ने कहा—

> आज मैं इस कथा को पूरा सुनूँगा। इस पर जयपुर के राजा श्रीभगुतीशजी के पुत्र राजा मानसिंह ने निवेदन किया कि यह कथा गंग भाटजी को याद है। इनके घराने में इनके सम्बन्धियों द्वारा लिखी चली आई है और ग्रन्थ इनके पास है। अब देखिए कितनी कुशलता से गंग कवि को चन्द बरदाई का रिश्तेदार बताया गया है, जबकि चन्द बरदाई का जन्म लाहौर में होना मशहूर है और उनके वंशज राजस्थान के नागौर जिले के वासी हैं। कवि गंग इटावा जिले के गाँव में पैदा हुए। केवल एक ही समानता चन्द और गंग में यही है कि चन्द भी भाट थे। यहाँ

> ग्रन्थ को जाली बताने के बजाय लेखक की कल्पनाशीलता की तारीफ़ करनी चाहिए। यहाँ फिर कहना चाहता हूँ कि लेखक इतिहास नहीं, साहित्य लिख रहा है। यह एक घटना पर लिखी गई किताब है और इसमें दर्ज़ विवरण में लेखक की कल्पना यदि समाहित है तो इससे कृति जाली नहीं उत्कृष्ट ठहरती है।

यह वार्तालाप करने के बाद अकबर ने कवि गंग को आदेश दिया कि मुझे दिल्ली के चौहान राजा पृथ्वीराज की कथा सुनाओ। कवि गंग ने कहा कि पृथ्वीराज रासो बहुत बड़ा ग्रन्थ है। महाकाव्य है, इसलिए इस ग्रन्थ का बहुत आदर रखना पड़ता है। इसके बाद कवि गंग ने इसे सुनाने की शर्तें बताईं। कवि गंग ने कहा कि जिस समय यह कथा बाँची जाती है, उस समय कोई दूसरा कथा कहने वाला न हो। यदि हो तो उसे ओल में यानी छिपकर बैठना चाहिए। उसे सामने नहीं आना चाहिए। तीसरे यह कि जब यह कथा सुनाई जा रही हो, तब आमखास में कोई हथियार लेकर न आए। चौथी बात कवि गंग ने यह कही कि इस काव्य को आदि से लेकर अन्त तक सम्पूर्ण सुनना चाहिए , तभी इसका पूर्ण मज़ा आएगा। इसके बाद कवि गंग ने बताया कि इस महाकाव्य में एक लाख छंद हैं, इसलिए इसे एक दिन में नहीं सुना जा सकता। हड़बड़ी से इस समुद्ररूपी रासो की तरंगों का वारपार नहीं मिल सकता।

यह सुनकर अकबर ने कहा कि मुझे बरस, दो बरस कहीं नहीं जाना है—तुम बाँचो! इसमें नवरस कितने हैं, सो बाँचकर सुनाओ! दिल खोलकर अच्छी तरह सुनाओ!

हम बहुत ध्यान से चित्त देकर सुनेंगे। इसके बाद अकबर ने सब सरदारों, राजाओं आदि को आदेश दिया कि सब लोग अपने-अपने हथियार ड्योढ़ी पर पहुँचा दें, चाकू-कटार भी पास न रहे। यह व्यवस्था तब तक

लागू रहेगी जब तक पृथ्वीराज रासो का पाठ जारी रहेगा। सभी ने अकबर के आदेश को शिरोधार्य किया।

आमखास में नाच-गाने-नाटक इत्यादि हास-परिहास बन्द हो गए। थोड़ी बहुत अफ़रा तफ़री फैली। काव्य-श्रवण की व्यवस्थाएं की जाने लगीं। सभी राजा, सरदार, ख़ानज़ादे अपने-अपने हथियारों को रखने के लिए ड्योढ़ी तक गए। सुबह का समय था। आमखास के झरोखों से दिन का उजाला अंदर आ रहा था। इस अद्भुत काव्य-पाठ को सुनने के लिए हर कोई आतुर दिखाई दे रहा था। और कवि गंग पृथ्वीराज रासो ग्रन्थ की प्रति लाने के लिए घर की तरफ़ रवाना हुए।

तो इस तरह अकबर के आदेश से आमखास में पृथ्वीराज रासो के अभूतपूर्व पाठ का प्रारम्भ हुआ। प्रारम्भ कहाँ? अभी तो सुनाने का आदेश हुआ है। अब कवि गंग आमखास में ऊँचे आसन पर विराजित होकर पृथ्वीराज रासो का पाठ शुरू करेंगे।

तृतीय अध्याय

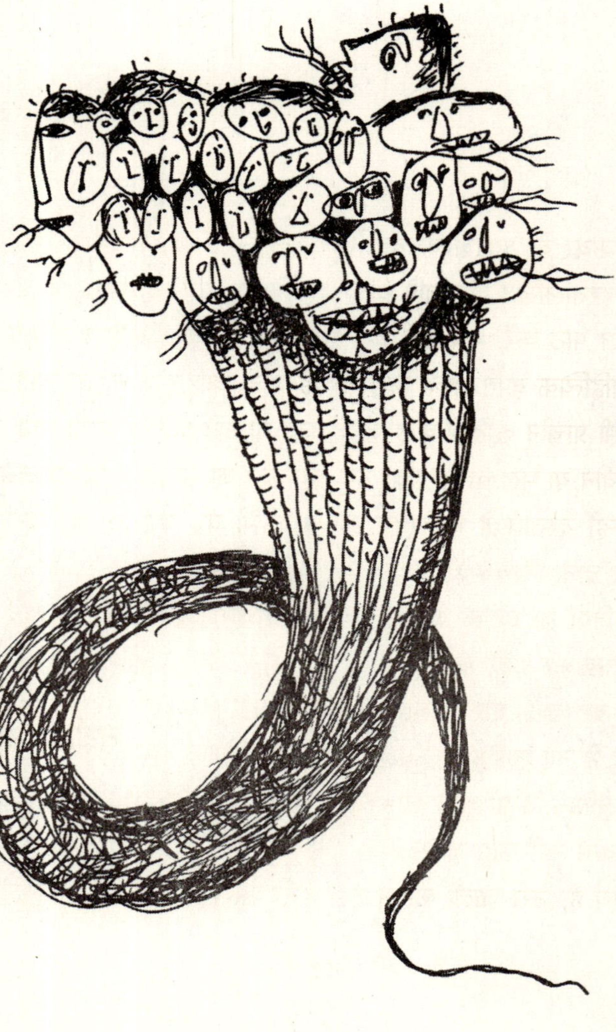

अकबर के आदेश के बाद जब तक कवि गंग पृथ्वीराज रासो की हस्तलिखित पांडुलिपि घर से लेकर आएँ और आमखास में उसका अविकल पाठ करें, तब तक हमें इस बात पर विचार करना चाहिए कि कोई साहित्यिक कृति जाली कैसे ठहराई जानी चाहिए या ठहराई जाती रही हैं। किसी प्राचीन कृति में कुछ जोड़ा जाए या उसे प्रक्षिप्त किया जाए और उसे प्राचीन या मूल बताया जाए तब यह कहा जा सकता है यह जालसाज़ी है। किन्हीं दस्तावेज़ों में हेरफेर करके किसी को आर्थिक या मानसिक हानि पहुँचाना निश्चय ही निंदनीय है और यह एक अपराध है। जैसे पुरानी कलाकृतियों या एंटीक का कोई व्यवसाय करे और कल बनी मूर्ति को धुँआ दिखाकर और कलाकारी से तोड़फोड़ करके उसे प्राचीन बताकर बेचे तो यह पक्के तौर पर धोखाधड़ी है। किसी प्राचीन ग्रन्थ में किसी ख़ास मक़सद से नए श्लोक या टेक्स्ट जोड़ा जाए तो यह भी साहित्यिक अपराध ही है। लेकिन किसी कृति को साहित्येतर कारणों से जाली ठहराना भी कोई उचित कर्म नहीं कहा जा सकता। और जिन कृतियों की साहित्यिक महत्ता असंदिग्ध है, उसे जाली कहना उस कृति और कृतिकार का अपमान है।

तिथि संवत से या किन्हीं अन्य आधारों से किसी कृति को फ़र्ज़ी बताना एक ख़ास किस्म का औपनिवेशिक नज़रिया है। इस आधार पर तो जॉर्ज ऑरवेल का विख्यात उपन्यास *1984* भी जाली उपन्यास है, क्योंकि यह तो 1949 में लिखा गया था।

किसी देश की सांस्कृतिक और साहित्यिक परम्परा को औपनिवेशिक दृष्टि इसी तरह देखती है। भारतीय साहित्य में साहित्य को इतिहास, पुरातत्व, शिलालेख इत्यादि के आधार पर जाँचने की शुरुआत 1784 में कलकत्ता में एशियाटिक सोसायटी की स्थापना के बाद हुई। उन्हीं बाहरी पैमानों के आधार पर आचार्य रामचन्द्र शुक्ल ने अपने हिन्दी साहित्य के इतिहास में बहुत से महान ग्रन्थों को जाली ठहराया है। विलियम जोन्स भारत से और भारतीय ज्ञान परम्परा से सच्चा प्रेम करता था, लेकिन सब ब्रिटिश विद्वान ऐसे नहीं थे। वे भारत को गँवारों का देश समझते थे और सोचते थे कि भारत जैसे देश में उच्चकोटि का साहित्य असम्भव है। वे यहाँ से केवल सम्पदा लूट लेने के लिए आए थे।

विलियम चेम्बर्स नामक एक भारतखोजी ने भारतीय इतिहास के अध्ययन की समस्याओं की ओर इंगित किया है और अपनी समझ की सीमाओं को भी यह कहते हुए उजागर कर दिया है—

> ऐसा लगता है कि भारत में इतिहासकारों के नाम पर केवल उनके कुछ कवि रहे हैं और उन्होंने जो कुछ लिखा है वह इतनी अलंकृत भाषा में है कि कुल मिलाकर वह कपोल-कल्पित लगता है। इन कहानियों में न तो कोई समय ज्ञान का भाव है और न ही कोई निश्चित पद्धति। हर कवि ने वही लिखा जो उसकी कल्पना में आया या उस समय जो उसे अच्छा लगा। इसके बावज़ूद अगर हम उनके द्वारा लिखी गई

> घटनाओं और पात्रों की तुलना अन्य राष्ट्रों के इतिहास से करें तो सम्भव है कि इस अत्यंत रोचक विषय के बारे में हम कुछ महत्वपूर्ण खोज कर सकें और कुछ तथ्यों पर पहुँच सकें।

विलियम चेम्बर्स को केवल तथ्य चाहिए, जबकि भारतभूमि की मनीषा तत्व से बनी हुई है। साहित्य को पढ़ने की यह कौन-सी दृष्टि है? साहित्य कपोल-कल्पित ही होता है। शेक्सपीयर के सारे ड्रामे कपोल-कल्पित हैं। कवि ने वही लिखा, जो उसकी कल्पना में आया। कवि अपनी ही कल्पना लिखेगा तुम्हारी नहीं। अब अगर *मेघदूत* को इतिहास की किताब समझकर पढ़ेंगे तो ये दुर्घटनाएँ होती रहेंगी।

भारतीय ज्ञान परम्परा की प्रामाणिक खोज करने में एशियाटिक सोसायटी के योगदान को कोई नकार नहीं सकता। लेकिन उसने यह सब एक छिपी औपनिवेशिक दृष्टि से किया, इससे भी इंकार नहीं किया जा सकता।

वे सनातन भारत में इतिहास खोज रहे थे। इसी इतिहास की खोज करते हुए वे संस्कृत नाटकों के पास भी पहुँचे। ओमप्रकाश केजरीवाल ने अपनी पुस्तक *भारत के अतीत की खोज* में इस पर विस्तार से लिखा है। 1789 में विलियम जोन्स द्वारा कालिदास के *अभिज्ञान शाकुंतलम* के किए गए अंग्रेज़ी अनुवाद का प्रकाशन हुआ। इसकी भूमिका में जोन्स कहते हैं कि उन्हें उत्तरी भारत में ऐसे ग्रन्थों की जानकारी मिली, जिनके बारे में कहा गया कि उनमें भारत का इतिहास संयत ढंग से लिखा गया है। वे नाटकों का उल्लेख भारत आने से पूर्व जानते थे, इसीलिए यहाँ आकर जोन्स ने नाटकों की खोज शुरू की। साहित्य के लिए नहीं, इतिहास के लिए। बाद में पंडितों ने उन्हें बताया कि नाटक में इतिहास झलकता है, लेकिन मूलतः वे साहित्यिक कृतियाँ ही थीं। वे काल्पनिक घटनाओं से परिपूर्ण थे और

प्राचीन काल में राजाओं के दरबारों में उन्हें खेला जाता या मंचित भी किया जाता रहा है।

इस पूरे प्रसंग को ओमप्रकाश केजरीवाल *भारत के अतीत की खोज* में लिखते हैं, जिसे यहाँ उद्धृत करना ज़रूरी है कि कालिदास के शाकुन्तलम् को भी ब्रिटेन के अख़बारों में अप्रामाणिक यानी जाली किताब कहा गया था। केजरीवाल लिखते हैं—

> जब जोन्स की किताब यूरोप पहुँची तो हलचल मच गई। इस अनुवाद को अरेबियन नाइट्स जितनी मक़बूलियत हासिल हुई। इसका व्यापक स्वागत हुआ और कहा गया कि शाकुन्तलम ने साहित्य के नए वातायन खोल दिए।

आगे केजरीवाल लिखते हैं—

> जोन्स की इस कृति की इतनी भरपूर सराहना के बावज़ूद यूरोपीय विद्वानों को यह बात पचनी मुश्किल हो गई कि भारत, जहाँ की सभ्यता इतनी अविकसित थी, वहाँ यह कैसे सम्भव था कि प्राचीन काल में ऐसी उत्कृष्ट साहित्यिक कृति की रचना हो सके। अब वे इसकी प्रामाणिकता की बात करने लगे। इन आलोचनाओं का जवाब जोन्स ने अपने एक मित्र को लिखे पत्र में यह कहकर दिया : यह जानकर मुझे प्रसन्नता हुई कि कालिदास की कृति को पढ़कर आपको अच्छा लगा, लेकिन दूसरी ओर जब मैं यह सुनता हूँ कि इंग्लैंड में कुछ लोगों ने इसकी प्रामाणिकता पर सन्देह किया है तो बहुत दुख होता है। इसके अलावा जोन्स ने अपने प्राक्कथन में कालिदास को भारत का शेक्सपीयर पुकारा था।

इस पर आपत्ति करते हुए एडिनबरो मैगज़ीन ने लिखा—

> कालिदास को भारत का शेक्सपीयर कहना सम्भवत एक परिपक्व निष्कर्ष नहीं है, क्योंकि भारत में कभी भी ज्ञान-विज्ञान का इतना विकास नहीं हुआ था कि वह एक शेक्सपीयर पैदा कर सके। जबकि विलियम जोन्स तो इतना आगे बढ़ गए।

थॉमस लॉ को एक पत्र में उन्होंने लिखा—

> मैं दो हज़ार साल पूर्व के एक संस्कृत नाटक के दूसरे अंक के अध्ययन में डूबा हुआ हूँ। यह शेक्सपीयर के लेखन से इतना मिलता जुलता है कि लगता है शेक्सपीयर ने ज़रूर कालिदास को पढा होगा।

तो देखा आपने एक और जाली किताब का जलवा। जिसका अनुवाद संसार की सभी भाषाओं में हो चुका है, जो सर्वकालिक दुनिया की सौ श्रेष्ठ किताबों में शामिल है। जिस पर जर्मन कवि गेयटे ने कविता लिखी और शकुंतला को सुकुमार मंजरी और झुके हुए पेड़ का मीठा फल कहा।

एशियाटिक सोसायटी ने जितनी जाली पुस्तकों का पता लगाया, उतना दुनिया की किसी संस्था ने नहीं लगाया होगा। साहित्यिक गुणवत्ता की जाँच करना एक बात है और किसी पुस्तक को फ़र्ज़ी कहना दूसरा काम है। अब यह कहा जाए कि यह किताब लिखी किसी ने और कालांतर में किसी दूसरे कवि के नाम से प्रसिद्ध हो गई तो वह कृति जाली कैसे हो गई? टेक्स्ट शब्द पाठ तो बचा हुआ है। वह किसी कवि की तो कृति है। ऐसे अभागे कवि बहुत हुए हैं संसार में।

मूल टेक्स्ट के साथ छेड़खानी करना उसे किसी खास मक़सद के लिए प्रक्षिप्त करना जालसाज़ी है। ऐसी ही एक और जाली किताब का पता

एशियाटिक सोसायटी ने लगाया था जिसका दिलचस्प वर्णन केजरीवाल अपनी किताब में करते हैं। यह एक सच्ची जाली किताब की दास्तान है—

> एलिस ने एक लेख 8 अगस्त को सोसायटी में पढ़ा। एलिस का यह लेख वेदों की एक आधुनिक नक़ल से सम्बन्धित था। इस लेख में एलिस ने फ्रांस में प्रकाशित पुस्तक *एज़ुर वेदम* की चर्चा की। इस पुस्तक ने वाल्तेयर का ध्यान भारत और उसके शास्त्रों की तरफ़ गया। एलिस ने प्रमाण देकर सिद्ध किया कि यह किताब प्रामाणिक नहीं है। वह पुस्तक वास्तव में नक़ली थी। यह जालसाज़ी वेदों को लेकर कैथोलिक पादरियों ने की थी। एलिस के अनुसार, इस प्रकार से नक़ल करने का उद्‌देश्य ब्राह्मणों के रीतिरिवाज़ों को झूठा और हास्यास्पद साबित करना था। इस जाली किताब *ल 'एज़ुर वेदम* के लेखक रॉबर्ट डी नोबिलाई ही थे, जिन्होंने 1620 में मथुरा में अड्डा जमाया था और यह कूट वेद रचा था।

चूँकि लोक में प्रचलित लोकप्रिय ग्रन्थों को जाली ग्रन्थ बताने का जो सिलसिला एशियाटिक सोसायटी ने शुरू किया, उसके अपने, भले ही गैर साहित्यिक, पैमाने थे। कथा को आगे बढ़ाने से पहले किस निर्ममता से भारतीय वाङ्मय के अनेक ग्रन्थों को सोसायटी ने जाली और फ़र्ज़ी बताया, उसका एक उदाहरण देखते हैं—

> सर विलियम जोन्स ख़ुद मानते थे कि सूर्य सिद्धान्त के लेखक वराह मिहिर का समय 499 ई. के आसपास था। दूसरी ओर बेंटले विस्तृत अध्ययन के बाद इस निष्कर्ष पर पहुँचे कि यह कृति मात्र 731 वर्ष पुरानी थी। इस बारे में बेंटले का तर्क

> था कि : ऐसी कोई भी हिन्दू कृति जिसमें वराह नाम दिया गया है या उसकी पद्धति की चर्चा की गई है वह अवश्य ही आधुनिक काल की है और इसी तथ्य से कई एक पुराणों की प्राचीनता समाप्त हो जाती है। बास्तव में, पुराण तथा अन्य हिन्दू कृतियाँ हैं तो आधुनिक लेकिन ब्राह्मणों ने इन्हें प्राचीन प्रचारित कर दिया।

यह अच्छी हठधर्मिता है। किसी संदिग्ध प्रमाण के आधार पर एक कृति की काल गणना ग़लत बताकर हमारे समूचे वाङ्मय को जाली ठहराने की यह औपनिवेशक दृष्टि है। इसके अतिरिक्त भी भारतीय कृतियों की प्राचीनता को दृढ़ता से नकारने वाले बेंटले ने कई कृतियों को आधुनिक जालसाज़ी का प्रमाण बताया।

लेकिन एक तरफ़ बेंटले जैसे भारत के बारे में बुरी राय रखने वाले इतिहासकार विचारक हैं, तो दूसरी तरफ़ विलयम जोन्स, जेम्स टॉड और टर्नर जैसे भारतभूमि को प्यार करने वाले भी थे। टर्नर पालि ग्रन्थ *महावंश* का अनुवाद कर रहे थे। महावंश बौद्ध इतिहास से सम्बन्धित महत्वपूर्ण ग्रन्थ है। टर्नर को इसके अनुवाद में जो कठिनाइयाँ पेश आईं, उसके बारे में वे लिखते हैं—

> आज तक पूर्वविदों को ऐतिहासिक तथ्यों, तिथियों, तथा कालक्रम निर्धारित करने में जितनी कठिनाइयाँ एवं निराशा झेलनी पड़ी हैं, उन्हें देखते हुए ही मैंने पालि इतिहास का इतने बड़े पैमाने पर अनुवाद करने का बीड़ा उठाया है। हो सकता है प्रबुद्ध समाज भी ग्रन्थ की मौलिकता पर सन्देह करे, अत: मैंने सारी पांडुलिपि को रोमन लिपि में भी रूपांतरित करने का निर्णय लिया है।

टर्नर को डर था कि बौद्ध वाङ्मय के महत्वपूर्ण ग्रन्थ *महावंश* को भी जाली ठहराया जा सकता है, इसलिए उसको रोमन में भी लिखा। सच्चे साधक कितनी मेहनत करते हैं। न जाने कितनी अमूल्य कृतियों को अब तक जाली या नक़ली बताया गया है।

यह उपन्यास एक साहित्यिक मुक़दमा है। एक जिरह है। एक अन्तहीन बहस है और इस उपन्यास को चरित्रहीन न समझा जाए। इस किताब का मुख्य किरदार एक किताब है। जिस किताब के बारे में यह किताब है, उस किताब में बहुत चरित्र हैं। अकबर, कवि गंग और भी बहुत। और चन्द बरदाई।

जब तक कवि गंग अपने घर से पृथ्वीराज रासो की पांडुलिपि लेकर दरबार में नहीं पहुँचते हैं और कथा सुनाना प्रारम्भ नहीं करते हैं, तब तक हम जानते हैं कि जो महाकाव्य *पृथ्वीराज रासो* अकबर को सुनाया जाना था, उसके रचयिता चन्द बरदाई कौन थे?

आचार्य रामचन्द्र शुक्ल ने अपने हिन्दी साहित्य के इतिहास में लिखा है—

> चन्द हिन्दी के प्रथम महाकवि माने जाते हैं और इनका *पृथ्वीराज रासो* हिन्दी का प्रथम महाकाव्य है। चन्द दिल्ली के अन्तिम हिन्दू सम्राट महाराज पृथ्वीराज के सामन्त और राजकवि प्रसिद्ध हैं। इसलिए इनके नाम से भावुक हिन्दुओं के लिए विशेष आकर्षण है। लाहौर में इनका जन्म हुआ। इनका और पृथ्वीराज का जन्म एक ही दिन हुआ और एक ही दिन दोनों ने संसार छोड़ा। 'मत चुके चौहान' कहने वाले यही कवि चन्द थे। चन्द पृथ्वीराज के राजकवि ही नहीं, उनके सखा और सामन्त भी थे। ये षडभाषा, व्याकरण, काव्य, साहित्य,

> छंदशास्त्र, ज्योतिष, पुराण, नाटक आदि अनेक विद्याओं में पारंगत थे। इन्हें जलंधरी देवी की कृपा प्राप्त थी, जिससे ये अदृष्ट काव्य भी कर सकते थे। इनका जीवन पृथ्वीराज से इतना मिला जुला था कि अलग नहीं किया जा सकता। युद्ध में, आखेट में, सभा में, यात्रा में सदा महाराज़ के साथ रहते थे और जहाँ जो बातें होती थीं, सबमें सम्मिलित रहते थे।

आश्चर्य की बात किन्तु यह है कि चन्द बरदाई की इतनी तारीफ़ के बाद भी रामचन्द्र शुक्ल रासो को जाली ग्रन्थ मानते हैं। एशियाटिक सोसायटी ने भारत विज्ञों को भी अपने वाङ्मय को जाँचने की झूठी पट्टी पढ़ाई, यह उसी का नतीज़ा है।

पृथ्वीराज रासो पृथ्वीराज का जीवन चरित है। पृथ्वीराज रासो में पृथ्वीराज के किए गए युद्धों का और उनके परिणय और गंधर्व विवाहों का रोमांचक वर्णन है। रासो की तुलना आसानी से *महाभारत* और फ़िरदौसी के *शाहनामा* से की जा सकती है।

अब जब कवि गंग से रासो सुनना ही है उसके पहले रासो में कैसे-कैसे दिलफ़रेब प्रसंग हैं, इसकी दो बानगियाँ देख लीजिए—

> संयोगित्ता का अनुराग पहले से ही पृथ्वीराज से था, अतः जब जयमाल लेकर रंगभूमि में आई, तो उसने पृथ्वीराज की मूर्ति को ही माला पहना दी। इस पर जयचन्द ने उसे घर से निकाल कर गंगा किनारे के महल में भेज दिया। इधर पृथ्वीराज के सामंतों ने आकर यज्ञ विध्वंस किया। फिर पृथ्वीराज ने चुपचाप आकर संयोगिता से गन्धर्व विवाह किया और अन्त में उसे हर ले गए। रास्ते में जयचन्द की सेना से बहुत युद्ध

> हुआ, पर संयोगिता को लेकर पृथ्वीराज सकुशल दिल्ली पहुँच गए। फिर उनका समय भोगविलास में ही बीतने लगा।

रासो का एक और समय देखिए—

> पृथ्वीराज जयचन्द और अन्य राजाओं से लड़ते हुए थक गया था। अच्छा अवसर पाकर शहाबुद्दीन गोरी चढ़ आया। पर हार गया और पकड़ा गया। पृथ्वीराज ने उसे छोड़ दिया। शहाबुद्दीन बार-बार हारता रहा और पृथ्वीराज उसे क्षमा देता रहा। अन्त में पृथ्वीराज पकड़ कर गजनी भेज दिए गए। पीछे-पीछे कवि चन्द भी गए। एक दिन चन्द के इशारे पर पृथ्वीराज ने शब्दभेदी बाण चलाकर शहाबुद्दीन को मारा और फिर पृथ्वीराज और चन्द एक दूसरे की ओर बाण चलाकर मर गए।

ऐसे-ऐसे अनेक रोमांचक प्रसंगों से रासो भरा पड़ा है। हिन्दी के इस आदि महाकाव्य के बारे में जिसे कुछ समय बाद बादशाह अकबर कवि गंग के मुख से सुनना चाहता है, उसके बारे में आचार्य रामचन्द्र शुक्ल का अन्तिम फ़ैसला सुनिए—

> भाषा की कसौटी पर यदि ग्रन्थ को कसते हैं, तो और भी निराश होना पड़ता है, क्योंकि वह बिल्कुल बेठिकाने है—उसमें व्याकरण आदि की कोई व्यवस्था नहीं है। कहीं-कहीं भाषा आधुनिक साँचे में ढली जान पड़ती है, तो कहीं-कहीं भाषा अपने असली प्राचीन स्वरूप में भी पाई जाती है। इस दशा में भाटों के इस वाग्जाल के बीच कहाँ पर कितना अंश असली है, इसका निर्णय असम्भव होने के कारण यह ग्रन्थ

> न तो भाषा के इतिहास के और न साहित्य के इतिहास के जिज्ञासुओं के काम का है।

लेकिन विडम्बना देखिए कि जो रासो किसी महत्त्व का हक़दार नहीं, किसी के काम का नहीं, वह आचार्य रामचन्द्र शुक्ल के बहुत काम का है, जिससे वे वीरगाथा काल का प्रारम्भ मानते हैं।

दरअसल काव्य को इतिहास की सामग्री समझने के कारण हमारे काव्यों का भी अवमूल्यन किया गया है। इतिहासकार जेम्स टॉड को भी इसका खमियाज़ा भुगतना पड़ा। उनके लिखे गए राजस्थान के इतिहास में उन्होंने चन्द बरदाई के रासो को इतिहास सम्मत मानने की भूल की। विलियम क्रूक ने इसकी आलोचना करते हुए लिखा है—

> इस इतिहास के लेखन में कर्नल टॉड ने जिन स्थानीय साधनों का प्रयोग किया है, उनमें से महाकाव्यों को तथा चन्द बरदाई और अन्य चारण कवियों के द्वारा लिखित काव्यों को उन्होंने अनावश्यक महत्त्व दे दिया है। चारण साहित्य कितना प्रामाणिक है, यह निश्चय करना बहुत कठिन है। चारण कवियों ने प्रामाणिक तथ्यों को कम लिखा है, विजयों के वर्णन में उन्होंने जाति के गौरव को बढ़ाने के लिए अति उत्साह में अतिशयोक्तियाँ की हैं और पराजयों को कम कर दिया है। वास्तव में चारण साहित्य का महत्त्व प्राचीन घटनाओं की प्रामाणिकता सिद्ध करने की अपेक्षा प्राचीन काल में इन जातियों की आदतें, रीतिरिवाज़, तथा उनके विश्वासों की जानकारी देना अधिक है। उनमें तथ्यों का निरूपण यथातथ्य नहीं हैं, वरन उन्हें वह रूप प्रदान कर दिया गया है, जो चारणों और उनके स्वामी वर्ग को अभीष्ट था। इसका एक

> तो यह अर्थ हुआ कि जो भी ग्रन्थ ऐतिहासिक आधार पर ठीक न उतरें, वे सब ग्रन्थ जाली हैं। लेकिन यही सवाल तो बार-बार उठ रहा है कि किसी साहित्यिक कृति का निर्णय काल संवत और इतिहास के आधार पर नहीं किया जा सकता। लेकिन पश्चिमी विद्वान इस कसौटी पर शेक्सपीयर को कसने को तैयार नहीं है। असली विडम्बना यही है। यहाँ पूरब और पश्चिम से अधिक एक दूसरे की साहित्यिक/सांस्कृतिक विरासत को हिक़ारत से देखने का भाव भी प्रकट है।

इस बहस में भी किसी दूसरे के विचार को सुनने की किसी को फ़ुर्सत नहीं है। सब फ़ैसला किए बैठे हैं। ऐसे में संवाद असम्भव है। काल निर्धारण भी एक मत नहीं है। एक दूसरा मत भी है, जो कहता है कि रासो के सब संवतों में, यथार्थ संवतों से 90-91 वर्ष का अन्तर एक विशेष नियम से पड़ता है। उन्होंने कहा कि आपकी कालगणना भूल है। उसे किसी विशेष कारण से यहाँ रखा गया है। इस धारणा के लिए उन्होंने रासो के इस दोहे को उधृत किया—

एकादस सै पंचदह विक्रम साद अनन्द
तिहि रिपुजय पुरहरन को भए पृथिराज नरिंद!

इतिहासकारों, साहित्य मर्मज्ञों और विद्वानों की मूर्खता को छोड़िए। चलिए चलते हैं। अकबर के आमखास में कवि गंग *पृथ्वीराज रासो* की हस्तलिखित पांडुलिपि लेकर पहुँच गए हैं। पृथ्वीराज रासो का कवि गंग के मुख से पाठ शुरू होने ही वाला है।

चतुर्थ अध्याय

जब कवि गंग लाल कपड़े में बँधी *पृथ्वीराज रासो* की हस्तलिखित पांडुलिपि/प्रति लेकर अकबर के दरबार में पहुँचे, तो दिन चढ़ आया था। आमखास में सन्नाटा था—सब कवि गंग की प्रतीक्षा कर रहे थे।

जब कवि गंग रासो की प्रति लेकर घर से चले तो मुरज और बीन बजाने वाले कलावंत उनके साथ-साथ चल रहे थे। मुरज और बीन की आवाज़ सुनकर अकबर ने कहा—लगता है, बाबा भाटजी आ गए हैं। उसी समय कवि गंग ने आमखास में प्रवेश किया। सबकी निगाहें कवि गंग पर जमी हुई थीं।

जैसे कवि गंग ने आमखास में प्रवेश किया, उसी तरह हम भी उस कथित जाली किताब *चन्द छंद बरनन की महिमा* में प्रवेश करते हैं, जिसकी कथा सुनाना ही लेखक का मक़सद है। इसमें कोई सन्देह नहीं कि बरनन जादुई है और इस किताब को लिखने वाला कोई लेखक नहीं, बल्कि जादूगर है।

कवि गंग हाथों में रासो लिए आमखास में आगे बढ़ रहे थे। सर्वप्रथम बादशाह अकबर ने ख़ुद खड़े होकर सलाम लिया। सब मीर और सरदारों ने पेशवाई दी। रासो की प्रति को स्वर्ण से बने बाजोट पर ससम्मान रखा गया। कवि गंग ने गणपति-सरस्वती को नमस्कार कर पुस्तक को दंडवत किया।

बाबा चन्द बरदाई को याद करके साष्टांग प्रणाम किया गया।

फिर कवि गंग ने कथा-वाचन शुरू किया। संवत 1626, बैसाख बदी 13, रविवार से कथा कहनी आरम्भ हुई। इसके बाद कवि गंग ने यह दोहा कहा—

शात दीप नव खंड धर गंग भाट कीरत कही।
चिरंजीव ववर कुले शो अतिफनाम अकबर तुहि॥

अर्थात करा-धरा चन्द का और ग्रन्थ में प्राण भी चन्द ने भरे। अकबर ने आदर दिया और बाँचा कवि गंग ने।

जब कथा आरम्भ हुई, तब आमखास में सन्नाटा था। सब कवि गंग की वाणी सुन रहे थे। बरनन में इस जादुई समय का बरनन इस तरह किया गया है कि एक तो कथावाचक थे आगम की सब बातें जानने वाले गंग भाट, सुन रहे थे बादशाह अकबर और सुनाए जा रहे थे चन्द के छंद और सबसे बड़ी बात यह कि यह अपूर्व काव्य-पाठ हो रहा था आमखास में, जिसकी दीवारें चूने के लदाव से बनी हुई थी, जिससे आवाज स्पष्ट सुनाई दे रही थी और अन्तिम बात यह कि जिस ग्रन्थ को सुनाया जा रहा था, वह पुराणों की तरह तरंगों से भरा हुआ समुद्र रूप था। बादशाह अकबर और सभी सभासद गंग की वाणी में भीगने लगे।

पृथ्वीराज रासो को कवि चन्द बरदाई ने बनाया। फिर बाबा गंग भाट ने उसे आदि-पर्व से उठाया, सो दोपहर से दो पहर दिन अस्त हुए तक दो घड़ी रात्रि जाने तक बराबर बाँचते रहे। चन्द के आनन्ददायी छंदों से रस बरस रहा था और अकबर सहित सभी सभासद इस आनन्दवर्द्धक वाणी को विभोर होकर सुनते रहे।

गंग ने निम्नलिखित समय/प्रसंग दिल्लीश्वर को सुनाए। पुस्तक में इस स्थान पर लेखक ने रासो के उन समयों/प्रसंगों का उल्लेख किया है,

जो सुनाए गए। इन प्रसंगों के शीर्षकों से ही पाठक यह अंदाज़ा लगा सकते हैं कि पृथ्वीराज रासो कैसा भीषण ग्रन्थ है। पूरा महाभारत है।

जो समय/प्रसंग सुनाए गए, वे इस तरह हैं—आदि-पर्व, अवतार-कथा, लोहाना अजान (बाहु कथा), कन्हपट्टी युद्ध, प्राखेटक-वरदान, नाहरराय, मेवाती (मुगल कथा), हुसैन ख़ाँ, तिलराय, सुल्तान-चूक, चित्ररेखा, भोला, सलख, इच्छनी-ब्याह, पुंडीर-दाहिमी-ब्याह, भूमिस्वप्न, अनंगपाल-दिल्ली-दान, पीर मीरान का जाना, माधो-भाट-कथा, पद्मावती लाना, महोबा युद्ध, पृथा-विवाह, होली-कथा, दीपावली-कथा, खटुबन-आखेट, शशिव्रता-कथा, देवगिरी, रेवातट-बादशाह-ग्रहण, अनंगपाल-दिल्ली-आगमन, घग्घर-नदी-युद्ध, कर्णावटि-पत्र-बाँचना, मोरव्यूह-पीपा-युद्ध, इंद्रावती-विवाह, गोरी-ग्रहण, कांगड़ा-विजय, हंसावती-ब्याह, पहाड़राय-बादशाह-ग्रहण, कवन-कथा, भोरा-भीम-विजय, चातक-समागम, खटुबन-कैमास युद्ध, भीमगराय-घर्षण, संयोगिता-पूर्वजीवन-वर्णन, विनय-मंगल, शुक-प्रेम-वर्णन, बालुकाराय-वध, पंग-यज्ञ-विध्वंस, संयोगिता-नेम, हाँसी-युद्ध, पज्जून-महोबा-युद्ध, जयचन्द रावल-समरसिंह-युद्ध, चांवड-बेड़ी-मरन, कैमास-वध, जंगम-सूफ़ी-आगमन, कन्नौज प्रसंग में षटऋतु-वर्णन, शुक-चरित्र, आखेटक-श्राप, पुंडीर-कथा, ब्याह-वर्णन, समरसिंह-आगमन, बाण-ग्रहण, रचनसिंघ-युद्ध, चन्द का युद्ध और नृप का अंग-भंग।

पाठक इन समयों के शीर्षक से ही अनुमान लगा सकते हैं कि रासो की कथावस्तु कितनी व्यापक और विस्तृत है। मुख्यत: इसमें युद्धों, आखेटों और परिणय-विवाह आदि के प्रसंग हैं। इसमें कोई दो राय नहीं कि रासो एक अथाह समुद्र है। इसके एक-एक प्रसंग पर उपन्यास की रचना की जा सकती है। जैसे *महाभारत* को काव्यों और कथाओं का उपजीव्य सागर/आगार बताया गया है, वैसा ही रासो के साथ भी है। रासो में क्या नहीं है? एक पूरा युग है। जायसी वाली *पद्मावती* भी यहाँ है।

इतने समय/प्रसंग सुनकर अकबर ने कहा—

> सुनो कविराजो, मैं झूठे वचन नहीं कहता। चन्द कवि और पृथ्वीराज दोनों ने साथ ही प्राण गँवाए। बिना साह की सहायता के रयनसी का युद्ध कराया। बाण बेधने का वचन भी चन्द कवि ने स्वयं कहा और उसके बाद रयनसी के युद्ध का भी वर्णन किया। सो कविराजो, मुझे बताओ कि सच क्या है?

अकबर का सवाल उपयुक्त था। जब गजनीगढ़ में शब्दभेदी बाण से शहाबुद्दीन गोरी को मारकर पृथ्वीराज और चन्द आपस में बाण खाकर मर गए, तब इस बात का और इसके बाद का वर्णन चन्द कैसे कर सकता है? अकबर अनपढ़ ज़रूर था लेकिन अज्ञानी नहीं, बल्कि साहित्य-कला-मर्मज्ञ था। अब पूरी सभा साहित्यिक वाद-विवाद में बदल चुकी थी।

अकबर की बात दोनों पंथों के लोग यानी खान-राजे सब ध्यान से सुन रहे थे। सब सोचने लगे कि आख़िर रासो का रयनसी प्रसंग किसने रचा है। सब सोच-विचार में ग़ुम थे, तभी जयपुर के राजा मानसिंह ने कहा कि रयनसी-युद्ध-प्रसंग भी चन्द का ही लिखा हुआ और बनाया हुआ है। अकबर ने राजा मानसिंह की बात तो सुन ली, लेकिन दिल से संशय जा नहीं रहा था।

दरबार के आमखास में साहित्यिक जिरह जारी थी। संशय दर संशय। पृथ्वीराज रासो के भीतर बहत्तरवें समय तक बाणवेध तक की कथा हुई थी। फिर तिहत्तरवें प्रभाव में रयनसी-युद्ध की कथा आरम्भ हुई और बाबा चन्द के वचन छंद में आने लगे। विवाद या संशय तभी से शुरू हुआ। तब अकबर ने अपने मन की शंका सभा में विस्तार से रखी।

अकबर ने बोलना शुरू किया। सभा में सन्नाटा था। अकबर ने सब पीर, राजाओं से कहा कि मुझे बहुत आश्चर्य है कि राजा पृथ्वीराज को बड़े हजरत शहाबुद्दीन गोरी पकड़कर गजनीगढ़ ले गए थे और उनको

हथकड़ी, बेड़ी और तोषमाल दे दिए गए थे। पीछे से चन्द भाट फ़क़ीर के भेष में गजनीगढ़ गए और हजरत शहाबुद्दीन गोरी पर पृथ्वीराज ने बाण का निशाना लगाकर उसे गिराया। तत्पश्चात दोनों जन एक दूसरे के बाण खाकर या अपने कंठ पर छुरी फेर कर मर गए थे और रयनसी कुँवर ने तो उनके मरने के छह माह बाद युद्ध किया था। सो इस बात में कैसा सन्देह की रयनसी-युद्ध-प्रसंग किसी कवि ने बाद में बनाया है और नाम बाबा चन्द भाटजी का रख दिया है। चन्द कवि का नाम चल रहा है। लगता है, ये चन्द के बेटे-पोतों या उनकी जाति के किसी और ने बाद में रासो में जोड़ा है।

सभी सभासदों ने अकबर की बात बड़े ध्यान से सुनी। अकबर की बात तो हुक्म होती थी। लेकिन साहस बटोरकर फिर आमेर-जयपुर के राजा मानसिंह ने फिर निवेदन किया कि रयनसी-युद्ध-प्रसंग किसी और कवि का बनाया हुआ नहीं है। यह ग्रन्थ चन्द बरदाई का ही है।

मानसिंह की यह बात सुनकर सभी स्तब्ध रह गए। यह तो बादशाह अकबर की अवमानना है!

लेकिन अकबर गुस्सा नहीं हुए। एक बार फिर अपने मन के संशय को कहने लगे—

> हे मानसिंह, बाणबेध करने वाले कलि में दो ही बचे थे, सो ये मर गए। गंग कवि ने इसे अभी सुनाया है। अपने ही हाथों उन लोगों ने घात भी कर लिया और धनुष भी उठाया। कमाल है! यह कैसे हो सकता है? हम जो बात कह रहे हैं, वह सच है।

अकबर ने मानसिंह से यह भी कहा—

> बाणबेध के समय चन्द के पास क़लम तो थी नहीं। गंग कवि ने अभी जो कहा, उसे यदि आपने ध्यान से नहीं सुना, तो हे

> गंग, इन्हें कल फिर सुना देना, जिससे राजा साहब का सन्देह दूर हो जाए।

इस बात पर कवि गंग ने कहा—

> चन्द ने जैसा वर्णन किया, लघु गुरु सब मैंने आपको सुनाया। इसका अर्थ कोई नहीं धर सकता।

लेकिन राजा मानसिंह कुछ भी सुनने को तैयार नहीं थे। उन्होंने फिर कहा—

> रयनसी-युद्ध-प्रसंग चन्द का ही बनाया हुआ है—किसी और का नहीं। काव्य की ऐसी बनावट चन्द के अलावा कोई और नहीं कर सकता। इसमें प्रस्तार भी बहुत कठिन है। वर्ण, मात्रा, छंद सबमें कठिनता है, जिससे केवल चन्द बरदाई ही पार पा सकते थे।

यह सुनकर अकबर ने कहा—

> यह अतीत की बात हो गई। रयनसी-युद्ध का मंथन करके यह बताओ कि जब चन्द सुरलोक चले गए, तब चन्द की वाणी यहाँ कैसे आई। इसे किसने बनाया?

बहस जारी थी सोच-विचार जारी था। जैसे इस किताब में हम एक जाली किताब की चर्चा कर रहे हैं, वैसे ही *चन्द छंद बरनन की महिमा* के केन्द्र में भी एक किताब है। यह सिर्फ़ संयोग नहीं, बल्कि गहरी बात है। अकबर पृथ्वीराज रासो की प्रामाणिकता पर सवाल उठा रहा था और जिस किताब की दास्तान यहाँ कही जा रही है, वह तो एक मशहूर जाली किताब है ही।

बरनन में आगे बरनन किया गया है कि सब राजे, मीर आदि अकबर की बात सुन रहे थे। केशवदास, टोडरमल, बीरबल आदि बैठे थे। माधो, नरहर, ईसर, और मुरारीदान चारण जोधपुर नरेश उदयसिंह के पास खड़े थे।

अकबर अपनी बात पर बज़िद था। अकबर कहता जाता था—

> चन्द को स्वर्ग सिधारे कितने साल बीत गए। इसका सर्जन किसने किया? रयनसी-युद्ध-प्रसंग की रचना किसने की? क्या चन्द भूत बनकर इसे लिख गया या देव बनकर? यदि देव होकर सिरजा होगा तो स्वर्ग में सिरजा होगा। यदि स्वर्ग में बनाया तो इस लोक में इसे किसने पाया और उसे इस भारी-भरकम ग्रन्थ में किसने जोड़ा?

यह अदबी-साहित्यिक-बहस दिलचस्प होती जा रही थी। अकबर की बातों को सभी गौर से, ध्यान से सुन रहे थे। जब सभासदों ने देखा कि अकबर एक ग्रन्थ के बारे में सवाल उठा रहे हैं। जिरह कर रहे हैं। कोई फ़ैसला नहीं सुना रहे तो धीरे-धीरे सबमें साहस जागने लगा और रासो ग्रन्थ के बारे में अपना मन्तव्य प्रकट करने लगा।

यह सब सुनकर लखनऊ के नवाब बरहम खां ने कहा कि मुझे जो ज्ञात है, वह मैं सभा में निवेदित करना चाहता हूँ। मैंने दुर्वासा के शिष्य से जो कुछ सुना है, वह कहता हूँ। चन्द बरदाई संजीवन-मंत्र जानते थे। रयनसी-युद्ध-प्रसंग का आदि-अन्त-वर्णन भी चन्द का ही कहा हुआ है। अपनी बात की पुष्टि के लिए बरहम खां ने एक कथा सुनाई—

> एक रोज़ मैं आखेट खेलने गया था। वहाँ मुझे जंगल में एक तपस्वी मिले, जो बड़े योगीश्वर थे। वे दुर्वासा ऋषि के शिष्य के पास से होकर आए थे। सो हमने उनका आदर-सत्कार

किया। हम दोनों अकेले ही थे। वहाँ रयनसी-युद्ध का एक छंद मुझे याद आया। उस कवित्त में बादशाह को आशीर्वाद दिया गया। वह याद आया। तब योगीश्वर ने कहा कि यह तो कवि चन्द ने बादशाह को आशीर्वाद दिया है। तब मैंने उनकी बंदगी की। बहुत पैर दबाए और उनसे यह पूछा कि आपको मेरे दिल की बात कैसे मालूम पड़ी? उन्होंने कहा कि मेरी बातें तुम क्या जानो, मैं जोगी हूँ। मेरा नाम आला जोगी है। मैं गोरखनाथजी का चेला हूँ। चन्द कवि बड़े समर्थ कवि सेनापति थे। उनको आगम की भविष्य की बात और होनी-अनहोनी सब दृष्टियों से दिखती थी। सो वे छह महीने पहले ही रयनसी-युद्ध-प्रसंग लिखकर ही पृथ्वीराज के पास फ़क़ीर के भेष में गजनी गए थे। पीछे उनका मोक्ष हुआ। वे बड़े वरदायक थे। उनसे दुर्गा प्रसन्न थी और उनका अनभय खुल रहा था। वे अमी-बानी-सुल्तान थे। कलिकाल में ही उनको महाकवि की उपाधि थी। वे प्रामाणिक कवि थे। उन्होंने बहुत अद्भुत काव्य तैयार किया। पहले एक वाल्मीकि ऋषि हुए थे, जो त्रेता के रामचन्द्र का वर्णन सतयुग में ही कर गए थे। और उनका वर्णन त्रेता में सही सिद्ध हुआ। इतने में दिन अस्त होने लगा। जब मैंने उनसे बस्ती में चलने का आग्रह किया, तो उन्होंने कहा कि चलो। सो मैं वहाँ पेड़ से बँधा घोड़ा खोलने गया और जब घोड़ा खोलकर लाया तो देखा कि वे वहाँ नहीं हैं, कहीं चले गए हैं। मैंने घोड़े पर चढ़कर उन्हें बहुत खोजा, पर वे कहीं नहीं मिले। फिर मैं घर चला आया। इसी से जानता हूँ कि वाल्मीकि की तरह चन्द की कथा भी प्रामाणिक है, सही है।

चर्चा चल रही थी। अब सब इस वाद-विवाद का आनन्द ले रहे थे। जितना सरस चन्द का रासो, उतनी ही सरस उस पर चर्चा हो रही थी। इतनी बातें सुनकर जैसलमेर के राजा श्रीचाचाजी भाटी ने निवेदन किया—

> चन्द ने समुद्र की तरह इसकी रचना की है, जैसे सुरसरि समुद्र में मिलती है।

भाटी नरेश की बात सुनकर कवि गंग ने बहस में हिस्सा लेते हुए कहा—

> बादशाह अकबर ने आज जो कथा सुनी, वह सत्य हो गई। चन्द ने तिहत्तर सुन्दर समय/प्रभाव बनाए। 1158 में कवि रासो बनाकर स्वर्ग सिधारे। 469 वर्ष बाद गंग ने वही कथा गुरुवार, बैसाख बदी 13, संवत 1617 में कही।

कवि गंग ने आगे कहा—

> बाबा चन्द ने आगम की कथा कही है। सो कौन-से वचन का बयान है, यह नहीं बताया जा सकता। क्योंकि उनके वचन उनको ही अनपार है। सब सही कहा हुआ है। रासो में एक वचन यह भी आया है कि इसे सुल्तान सुनेंगे, सो वह एक वचन भी आज सिद्ध हो गया। बादशाह सुल्तान ने पूरा रासो सुन लिया है। 469 वर्ष बाद उनका वचन सिद्ध हुआ है। सो यह तो महाभारत समान समुद्र रूप ग्रन्थ है।

बहस दिलचस्प और रोमांचक होती जा रही थी। कवि गंग की बातें सुनकर काशी नरेश ने कहा—

पृथ्वीराज रासो ग्रन्थ पूरा कवि चन्द का रचा हुआ है। उनकी जीभ पर गोरी, सरस्वती और गणपति का वास था। इन तीनों का जिसकी जिह्वा पर वास हो उसे आगम की बातें हथेलियों की रेखाओं की तरह दिखने लगती हैं।

इतने में बाबा मैन भाट बोले—

चन्द ने रासो बनाकर एक अडिग क़िला बनाया है, जिसमें महल हैं और उसके तिहत्तर खंड हैं, लक्ष ग्रन्थ रूप उतंग है। सामंत उसे देखकर जलते हैं। हरिहर ब्रम्हा की स्तुति राजा रूप है। रयनसी-युद्ध-समय महल के ऊपर का कलश रूप है।

रासो ग्रन्थ की इतनी रूपक-प्रशंसा सुनकर जोधपुर के राजा उदय सिंह ने बादशाह अकबर से कहा कि चन्द कवि ने यह रासो-काव्य अति आतुरता से लिखा है। आगे अपनी बात बढाते हुए राजा उदय सिंह ने कहा कि पाँच पहर, दो पल, चार स्वास, पाँचवें भाग का आठवाँ भागरहित। इतनी इतनी देर में एक-एक हज़ार छन्द बाबा चन्द ने बनाए। इसी में रचना करना, लिखना और सोचना भी। इस रीति से उन्होंने दो मास और दो पहर में एक लाख छन्द रचे।

मेड़ता के राजा पृथ्वीराजजी ने जोधपुर राजा का समर्थन करते हुए कहा कि सचमुच बाबा चन्द ने ये ग्रन्थ बहुत आतुरता से बनाए। इस पर जोधपुर राजा के पुत्र श्रीसगत सिंह ने भी सम्पुट लगाया और कहा कि उमा के कारण बाबा चन्द में अनभय उपजा और फिर उनके सिवा कौन इसकी रचना कर सकता था।

अब तो आमखास में उपस्थित हर सभासद रासो पर अपनी बात कहने को आतुर होने लगे। ग्रन्थ-चर्चा निरन्तर सरस होती जा रही थी।

अब अकबर बादशाह को भी इस चर्चा में रस प्राप्त होने लगा। अकबर ने सगतसिंह से कहा कि इस ग्रन्थ में तुम्हारे राव समरसिंह के बड़े-बड़े युद्ध वर्णित हुए हैं। राजा पृथ्वीराजजी उनके साले थे, जिससे उन्होंने भी बड़े हजरत से जंग की और दिल्ली में मारे गए।

उड़ीसा के ब्राह्मण केशवदास सनोडिया ने तब कहा कि चन्द की बुद्धि बहुत चपल थी। चन्द की ज़बान पर उमा बैठी थी। वे बोलती जातीं थीं और चन्द की ज़बान पर छंद बरसते जाते थे, जिसे वे लिखते जाते थे। इसी आतुरता से रासो का निर्माण हुआ है।

इस तरह बातचीत-विमर्श-चर्चा चलती जा रही थी। आमखास में जो यौद्धा मौज़ूद थे, वे भी अभी वीरता भूलकर बौद्धिक बहस का आनन्द ले रहे थे। और अपनी अपनी बुद्धि अनुसार स्वयं को काव्य-प्रेमी सिद्ध कर रहे थे। जोधपुर राजा के साथ आए चारण कवि भी अपने राजा को कान में कुछ रासो-रहस्य बता रहे थे।

इस आनन्ददायक साहित्यिक बहस से *चन्द छंद बरनन की महिमा* पुस्तक बनी थी। दूसरी कोई कृति अभी ध्यान में नहीं आती, जिसमें किसी किताब की मूल्यवत्ता को कथानक बनाया गया हो। इस दृष्टि से भी महिमा अद्‌भुत पुस्तक है। और यह नहीं भूलना चाहिए कि जिस भाषा में मैं यह नया उपन्यास लिख रहा हूँ, यह वही भाषा है, जिसमें महिमा लिखी गई है। खड़ी बोली हिन्दी के प्रथम गद्य का नमूना। हिन्दी भाषा का गद्य कहाँ से चला था और कहाँ तक पहुँचा है, यह जानना दिलचस्प है। *चन्द छंद बरनन की महिमा* की महिमा मैं जिस भाषा में आपको सुना रहा हूँ, वह 21वीं सदी की हिन्दी है। बरनन की हिन्दी पुरानी है, लेकिन हिन्दी का पाठक यदि ध्यान से पढ़े तो ठीक से समझ में आती है। पूर्व में बरनन की भाषा का नमूना दिया गया है।

अकबर के दरबार में हुए इस अद्‌भुत पाठ-विमर्श को मूल लेखक

ने जिस भाषा में लिखा है, उसका एक नमूना यहाँ और देना अनुचित नहीं होगा। इसे पढ़कर पाठक के आनन्द में बढ़ोतरी होगी, मुझे लगता है।

॥ दोहा ॥

केसव कवि पंडीत ताहा मंत्री व टोडरमल।
बीरबल सूचिव प्रबल य बेठेहि विप्रमशल॥

॥ वारता ॥

सरदार उमराव रावत जागीरदार तमाम सभा के सून रहे हें अकबर शाहा पातसाहा कहत हें हे के चन्द कवि कूं मरे हुवै कूं शरजीवन। कानें कीया सो बीनूँ ने रनेशि जुध कूं बना था या कोई बीनुने भूत होके बनाया था कोई बिनु ने जिन्द हाके बनाया या कोई बीनू ने देव होके बनाया देव होके बनाया होगा तो बीनूँ ने भीस्त में बनाया होगा : जे कोई बिनु ने भीस्त में देव तूं का लोक में बनाया तो येहाँ कौन लाया : और ईश बड़ी भारी काव्य के सामील कीने लिया है ऐ हनकुं कहो हमन सचा बयान कीया हे : इतना फरमाना पातसाहा सुनके नखलेउ के नबाब बहरम खां जी ने अरज करि के जहाँपनाह खुदा ने खुद फरमान कीया हे जिश बात की हकीकत : में बंदा आमखास में हजरत के सामने अरज करता हूँ सो खुदा सुनवाई करें।

आया आनन्द पुरानी हिन्दी पढ़ने का। उस गद्य को पढ़ने का जिस से चलकर आज यहाँ तक हिन्दी गद्य आया है, जिस भाषा में यह किताब लिखी जा रही है। आमखास में रासो पर बहस अभी ख़त्म नहीं हुई है, जारी है!

पंचम अध्याय

चार बाँस चौबीस गज अंगुल अष्ट प्रमाण
ताहि पे सुल्तान है मत चूके चौहान!

यह लोक-प्रसिद्ध दोहा कहा जाता है कि चन्द बरदाई ने शहाबुद्दीन गोरी के दरबार में तब कहा, जब गोरी अन्धे पृथ्वीराज के शब्दबेधी बाण चलाने के हुनर को देखना चाहता था। गोरी को कई बार जीतकर/पकड़कर क्षमा देने वाले को जब गोरी पकड़कर गजनी ले गया और उसे कारागार में यातनाएँ दी गईं। गर्म सलाखों से पृथ्वीराज को अन्धा किया गया। चन्द फ़क़ीर/साधु के वेश में पीछे से ग़जनी पहुँचा था। चन्द ने ही गोरी को पृथ्वीराज के इस हुनर/कौशल के बारे में बताया था। यह सुनकर गोरी ने पृथ्वीराज के इस हुनर की परीक्षा लेनी चाही। पाँवों में बेड़ियां डालकर अन्धे पृथ्वीराज को गोरी के दरबार में लाया गया। एक परिंदे को ऊँचाई पर बिठाया गया, जिसकी आँख में पृथ्वीराज को तीर मारना था। शहाबुद्दीन गोरी का दरबार यह तमाशा देखने को तैयार था। पृथ्वीराज ने धनुष में बाण को लगाया। परिंदे को जहाँ टाँगा गया था, उससे कुछ दूर

गोरी अपने सेनापतियों के साथ खड़ा होकर तमाशा देख रहा था। उसी समय फ़क़ीर के वेश में चन्द ने उक्त दोहा कहा और कहते ही पृथ्वीराज चौहान का सनसनाता हुआ बाण गोरी के सीने में धँस गया। गोरी वहीं भू-लुंठित हो गया। इसके बाद पृथ्वीराज और चन्द एक-दूसरे के बाण से वहीं मर गए। कहते हैं, पृथ्वीराज और चन्द एक ही दिन पैदा हुए थे और एक ही समय मरे भी। ऐसी दोस्ती की मिसाल दुनिया में कम ही होगी।

लेकिन उक्त दोहा चन्द का कहा हुआ नहीं हैं। इसे कालांतर में किसी कवि ने चन्द की प्रशस्ति में कहा होगा। उक्त प्रसंग भारतीय/हिन्दू मानस में गहरे तक धँसा हुआ है। न जाने कितने चलचित्र, कितने साहित्य और कितने नाटक इस पर रचे गए।

पृथ्वीराज रासो ग्रन्थ जिसे अकबर के आमखास में कवि गंग ने सुनाया और जिस पर दरबार में चर्चा चल रही है, उसे जाली ठहराए जाने के बावज़ूद भी हिन्दी भाषा का प्रथम महाकाव्य माना जाता है। इस महाकाव्य की साहित्यिक श्रेष्ठता स्वयंसिद्ध है। शताब्दियों बाद भी यह काव्य भारतीय जनमानस में बेहद प्रिय और लोकप्रिय है। इतिहासकार कर्नल जेम्स टॉड भी रासो का दीवाना था। वह इस महाकाव्य को इतिहास का स्रोत मानता था। उसने रासो के कोई तीन सौ छंदों का अंग्रेज़ी भाषा में अनुवाद किया था। जिस ग्रन्थ को भारतीय विद्वान/आलोचक जाली या अप्रामाणिक मानते हैं, उसके बारे में अंग्रेज़ इतिहासकार कर्नल जेम्स टॉड ने लिखा है—

> चन्द का इतिहास इस युग का सार्वभौमिक इतिहास है। उसके ग्रन्थ में उनहत्तर अध्याय हैं, जिनमें एक लाख पद हैं। इसमें पृथ्वीराज के वीरत्व के कार्यों का वर्णन है, लेकिन राजस्थान के प्रत्येक कुलीन परिवार में पूर्वजों का कुछ न कुछ विवरण इसमें है। इसलिए यह हर जाति के पुरावृतों में सुरक्षित है—

जिसके पास भी राजपूत कहलाने के लिए कोई बहाना है। इसमें से ही वह अपने योद्धा पूर्वजों का सन्धान पा सकता है, जो 'युद्ध की लहरों' का पान करते थे, जब किरमान के दर्रों से युद्ध के बादल हिमाचल से हिन्दुस्तान के मैदानों में आ चुके थे। पृथ्वीराज के युद्धों, उसकी सन्धियों, उसके असंख्य अधीनस्थ करद राज्यों तथा उन अधीनस्थ राजाओं के स्थान तथा वंशों के विवरणों से भरा हुआ चन्द का ग्रन्थ एक महत्वपूर्ण ऐतिहासिक और भौगोलिक स्मारक ग्रन्थ है। इसके अतिरिक्त इसमें पौराणिक आख्यानों, रीति-रिवाज़ों और युगीन मानसिकता की सूचनाओं की भी प्रचुरता है। इस कवि को ठीक से पढ़ पाना भी एक सम्मान का विषय है और मेरे गुरु को, इस कार्य के सर्वोत्कृष्ट सम्पादन हेतु पेशेवर चारणों से भी अनुमति प्राप्त हुई थी। जैसे-जैसे वे पढ़ते गए, मैंने शीघ्रता से तीस हज़ार पदों का अनुवाद कर लिया। मैं क्योंकि इन भाषाओं की आत्मा से परिचित था, मुझे कई बार लगा, जैसे मैंने उस कवि की मूल चेतना को आत्मसात कर लिया हो। लेकिन उसकी सारी श्रेष्ठता और अर्थ की गहराई को मैंने प्राप्त कर लिया, ऐसा सोचना मात्र धृष्टता ही होगी। यद्यपि मुझे पता है कि उसने किसके लिए लिखा था। उसके सर्वाधिक प्रिय बिंबों और भावनाओं को मैं रोज़ अपने चारों ओर के लोगों से सुनता था, जो उनके ही वंशज हैं और जिनके कार्यों का उसने वर्णन किया है। इसी कारण मैं उसके अर्थ को समझने में सफल हुआ, जबकि काव्य-कला में चन्द से अधिक कुशल भी एक अन्य कवि उन अर्थों को समझने में विफल होता। मैंने चन्द की सूचनाओं को अपने शुष्क गद्य

में प्रस्तुत किया है और मुझे आशा है कि यह काम महत्वपूर्ण सिद्ध होगा।

जेम्स टॉड के रासो पर विचारों से इस महाकाव्य के महत्त्व को समझा जा सकता है। यह अकबर के रासो को सुनने के बहुत बाद की बात है। जैसा कि कहा गया है, रासो में मुख्यत युद्धों, विवाहों और आखेटों का वर्णन है। यह वर्णन कितने जीवंत, रसमय और विश्वसनीय होते थे, उसका एक उत्कृष्ट उदाहरण दाहिमी के विवाह-वर्णन का है। इस प्रसंग को जानना इसलिए भी ज़रूरी है कि इसमें जो दहेज का वर्णन है, वह अकबर के दरबार में हुए रासो-पाठ के बाद अकबर द्वारा कवि गंग को नवाज़े जाने के प्रसंग से कितना मिलता-जुलता है। इस प्रसंग से हम चन्द की काव्य-शैली का थोड़ा-बहुत आभास पा सकते हैं। राजकवि चन्द पृथ्वीराज के साथ दाहिमी के विवाह का वर्णन करते हुए कहते हैं—

> द्वुइंदहर पर्वत पर जिसका भार शेषनाग के मस्तक को व्यथित करता था, कैलास के समान बयाना का किला था। दाहिमा के तीन पुत्र थे और दो सुन्दर पुत्रियाँ थीं। भगवान उनका नाम कलियुग में अमर करे। एक पुत्री का विवाह मेवाड़ के राणा से हुआ, दूसरी का पृथ्वीराज चौहान से। उसके साथ उसने पृथ्वीराज को दहेज के रूप में आठ सुन्दर स्त्रियाँ, त्रेसठ दासियाँ, सौ चुने हुए ईराकी घोड़े, दो हाथी, सौ रथ, दस ढाल, दुल्हन के लिए चांदी का पलंग, एकसौ लकड़ी की मूर्तियाँ और एक सहस्र सोने के सिक्के दिए।

आगे महाकवि चन्द कहते हैं—

> दाहिमा ने सोने की वर्षा कर दी और प्रशंसा के बक्सों को

भर दिया। दाहिमी ने एक अमूल्य नररत्न पैदा किया, जिसका नाम युवराज रयनसी था।

पृथ्वीराज रासो महाभारत की तरह युद्ध-काव्य है। इसमें इतने युद्धों का विस्तार से वर्णन है कि युद्ध-विशेषज्ञों ने भी इसका अपनी तरह से पारायण किया और अपने निष्कर्ष निकाले। मनूची ने लिखा—

> चन्द के काव्य में अनेक अग्नि-अस्त्रों का अस्पष्ट उल्लेख है। विशेषकर नल-गोले का उल्लेख अनेक स्थलों पर है। लेकिन वे घर्षण द्वारा छोड़े जाते थे या तन्यमान बारूद की शक्ति से, यह स्पष्ट नहीं है। कवि ने बारम्बार 'युद्ध क्षेत्र के ज्वालामुखी' का उल्लेख किया है, जिससे बड़ी तोपों का आभास होता है। लेकिन काव्य के ये अंश प्रक्षिप्त भी हो सकते हैं, लेकिन यह अनुसन्धान का रोचक विषय है। मैं यहाँ सन्देह व्यक्त करता हूँ। मैदानी तोपों का प्रयोग सबसे पहले बाबर ने किया। तेरहवीं शताब्दी में अलाउद्दीन की सेना ने अवक्षेपकों का प्रयोग किया था। राजस्थान की घुड़सवार सेना को बाबर ने तोपों से ही जीता। बाबर का तोपची रूमी खाँ था। अकबर के बारे में कहा जाता है कि उसने चीनी तोपों का इस्तेमाल किया था और उसके तोपची सूरत से लाए हुए अंग्रेज़ थे।

यह बात साबित करती है कि एक महाकाव्य केवल साहित्य की ही धरोहर नहीं होता। दूसरे ज्ञान-विज्ञान के लिए भी उसका अनुसन्धान फलप्रद होता है। यदि इतिहासकारों ने रासो को इतिहास की तरह पढ़ने की कोशिश की, तो निश्चय ही उनको कुछ सारगर्भित मिला होगा।

आइए, अब फिर से लौटते हैं अकबर के आमखास में, जहाँ अभी

भी रासो-श्रवण के बाद इस पर चर्चा जारी है। अब अकबर को भी इस साहित्यिक-वाद-विवाद में मज़ा आने लगा था। अकबर ने मुग्ध होकर रासो सुना था और इतनी बातचीत से अब उसके मन में जो शंका-सन्देह उत्पन्न हुआ था, वह भी दूर हो चुका था। इतनी सारी बातें। इतनी गवाहियाँ। दरबार में उपस्थित हर सभासद रासो पर कुछ न कुछ कहना चाहता था। और रासो पर जो बातचीत अभी आमखास में चल रही है, वह दरअस्ल *चन्द छंद बरनन की महिमा* पुस्तक का अन्तिम हिस्सा है, जिस किताब पर यह नया उपन्यास लिखा जा रहा है।

उड़ीसा के केशवदास की बात सुनकर जोधपुर राजा उदयसिंह के पास खड़े चार व्यक्तियों में से एक बोला कि कुछ मेरी भी सुनी जाए। अकबर ने उदयसिंह से पूछा कि यह कौन है, तब उन्होंने बताया कि ये मेरे साथ रहने वाले चारण हैं। बादशाह ने कहा कि अच्छा कहो। तब ईश्वरदान चारण ने रासो और चन्द पर अपने विचार व्यक्त करते हुए कहा कि उमा ने चन्द को अनभय कर दिया था। चन्द ने रासो के छंद वैसे ही कहे, जैसे बरसात होती है। अनभय वाणी में सन्देह नहीं। अनभय वाणी से सावन-भादों की तरह झड़ी लग जाती है। इसी से बाबा चन्दजी ने दो मास और दो प्रहर में एक लाख छंद कहे।

ईश्वरदान की बात का समर्थन करते हुए जोधपुर के दूसरे चारण नरहरिदास ने कहा कि चार प्रहर, छह घड़ी, पैंतीस पल, सवा स्वास में से अष्टम अंश निकाल करके इतनी देर में बाबा चन्द ने एक हज़ार छंद किए। इस प्रकार दो पहर और दो भास में वे महासमर्थ बरदाई हुए और उन्होंने एक लाख छंद बनाए।

यह सुनकर जोधपुर के ही एक और चारण मुरारीदान ने कहा कि रासो के समान कोई और ग्रन्थ नहीं है। फिर चारण माधोदास बोले कि दिल्लीपति के बिना कौन रासो सुने और उसके गुणों का परीक्षण करे? चन्द बरदाई

ने यह रासो तिहत्तर समयों में चंडी की कृपा से बनाया है।

जोधपुर के चारणों की बात सुनकर अकबर ने कहा कि इतनी देर में कोई लिखैया इसे लिख नहीं सकता। सो एक हज़ार ग्रन्थ का बनाना तो चार पहर, छह घड़ी, पैंतीस पल और सवा स्वास में अति कठिन है। कोई देवता भी हो तो आलस्य कर जा सकता है। कवि चन्द धन्य हैं, जिन्होंने सुल्तान से ऐसा आदर पाया और *पृथ्वीराज-रासो* रचा। उनकी जीभ, नेत्र, भुजा, ग्रीव, कटि आदि सबमें अमृत था। उन उंगलियों की बलिहारी है, जिनके प्रताप से एक लाख छन्द का इतना बड़ा काव्य रचा गया।

शाम हो चली थी। आमखास में सब आनन्द-विभोर होकर यह चर्चा सुन रहे थे। सबकी बातें सुनकर अकबर ने रासो पर अपना अन्तिम मन्तव्य बताते हुए कहा कि इतना बड़ा ग्रन्थ बनाना, लिखना और शोधना वास्तव में महामुश्किल है। देखो, उनकी ज़बान भी नहीं अटकी, नेत्र भी नहीं दुखे, भुजा में पीड़ा भी नहीं हुई, गर्दन में दर्द नहीं हुआ, क़मर नहीं कटी, जो दो पहर और दो महीने में दोपहर तक एक बैठक में लिखना, बनाना, शोधना करते रहे, पर उन्हें आलस्य नहीं हुआ। देखो, उनको परिश्रम भी नहीं पड़ा। पर उनको इष्टदेव का बल बहुत था। इससे खेद नहीं आया। इतना कहकर बादशाह ने सब राजा-नवाबों को आदेश दिया कि सब राजा और नवाब कवि चन्द का काव्य लिखाकर अपने-अपने घर में रखें।

बादशाह की आज्ञा हुई कि सब लोगों को इस काव्य की नक़ल अपने दरबारों में भी रखनी चाहिए, पढवानी चाहिए और कवियों का मान बढ़ाना चाहिए। अपने से पहले के भी लोग उसे जिस प्रकार रखते आते हैं, वैसे ही रखते जाना चाहिए। इसमें अपनी तारीफ़ होती है। देखो, बाबा चन्द भाटजी ने राजा पृथ्वीराज की नौकरी उठाई, उनका रासो बनाकर उन्हें अमर कर दिया और अपने प्राण भी उनके संग उत्सर्ग कर दिए।

॥ दोहा ॥

ऐ बानी अकबर अशे नृपति सुनी नवाब।
रास लिखाओ घर रखो कविचन्द की किताब॥

॥ वारता ॥

पातसाहाजी श्री अकबर साहाजी होकम कीया प्रथिराज रास कुं तमाम राजा वुं के दरबार में लिखवाना चाहीए सब जने पुस्तकें अपने अपने दफ्तर में रखो ओर बंचवाना चाहिए ओर कविअन के मान बँधाना चाहीए अपने देव सें अगाडी सें बि रखते आते हें जेशे ही रखे जावो इशमें अपनी तारीफ होती हे अगाडि से सुनते हो के नहीं दीषो राजा प्रथीराज नें उनें की नौकरी उठाई तो बाबा चन्द जि ने उनका रास बनाय के अमर किया ओर बि देखो अपना प्रान राजा के शंग दीया इतना कह करके पातसाहा जी बाबा गंग भाट जी कुं क्रोरी पसाव दिया—

दीप नयन रितु चन्द्रमा पुर तेरश मधुमाश।
गंग गायो अकबर अगै चन्द छंद प्रथिराज॥

कहा जाता है कि पूरे वर्ष-भर तक अकबर पृथ्वीराज-रासो सुनता रहा। चर्चा पूरी होने के बाद बादशाह ने कवि गंग को करोड़ पसाव दिए। रस, नयन, रितु, चन्द वर्ष 1626 के बाद एक वर्ष बीत गया। बृहस्पतिवार, मधुमास वदी तेरस को अकबर ने चन्द छंद का आनन्द लिया और आदि-अन्त सब सुनकर समझा और कहा कि चन्द की सब बातें सच हैं।

अब महिमा में अकबर द्वारा कवि गंग को रासो-पाठ के लिए जो

करोड़ पसाव दिए गए, उसका वर्णन आता है। इस पसाव की दिलचस्प तुलना आप दाहिरी के साथ पृथ्वीराज के विवाह में दिए गए दहेज से कर सकते हैं, जो पूर्वलिखित है।

इतना कहकर बादशाह अकबर ने गंग को कोटि पसाव के साथ कनक, अनगिनती रत्न, बीस घोड़े, एक हाथी, सहस्र मोहर, चँवर, छत्र, सोने का सोंटा, लाख रुपए, गले में नीलम की माला, हीरा-जड़ा दस्ताना पन्ने की पाग, और सिरपेंच, हौदे समेत मस्ताना हाथी, तामजाम, सुखपाल, रथ, हैदल-पैदल आदि सवारी के सब सामान दिए। गंग कवि के लिए बंब और धौंसा बिरद बोलते थे। शहनाई बजती थी। अकबर ने मैन भाट को एक मन सोना दिया और अन्य सब कवियों को एक-एक सेर सोना दिया। सब चारणों ने आशीष दी।

॥ दोहा ॥

मन शोना दीए मेन कुं शब कवियन कुं सेर।
अकबर गरनीत उपरे देत करत नहीं देर॥

॥ वारता ॥

पातसाहा जि श्री अकबर साहाजी प्रथिराज के रास सुन के बहोत प्रशन हुए हे मन में प्रफुलित होके बाबा गंग जी राव कुं क्रोरि पसाव दीया विंश गोड़े एक हाती : तामजाम सूषपाल रथ सरपेच पाग लीनम का गले में कंठा अनमोल पहरने का कवच दशतान कमर कटार पाऊं के तोड़े हीरकनी के जड़ाऊ लाख रुपए रोकड़े एक हज़ार अशरफी शोने की छड़ी चौवर

नीसान धूशा दीआ सब संज असवारी का कीया एक मन भर शोना बाबा मैन भाट कुं दीया एक एक शेर शोना सब कवियन कुं इनाम कीया : सब कवियूँ ने आशिर्बाद दीया दोय जनें चारन मिलके एक दोहा कहा।

मुरारीदास और माधोदास चारणों का दोहा सुनकर बादशाह ने पाव-पाव भर सोना दोनों को और दिया। इस प्रकार इन दोनों को सवा-सवा सेर सोना हो गया। इतना सुन-देखकर जोधपुर के तीसरे चारण नरहरिदास ने कहा कि पृथ्वीराज चौहान, गोरी सुल्तान और दिल्ली गजनी की एक सीमा है, किन्तु चन्द ने अपरिमित कहा। उसे सीमा में नहीं बाँधा जा सकता। रासो की यह प्रशस्ति सुनकर अकबर ने नरहरिदास को आध सेर सोना और दिया। इस तरह उसके पास डेढ़ सेर सोना हो गया। रासो-पाठ यहाँ पूरा होता है और इसी के साथ *चन्द छंद बरनन की महिमा* पुस्तक भी समाप्त होती है।

कवि गंग ने अकबर को रासो सुनाया, उसी तरह इस उपन्यास के लेखक ने आपको चन्द छंद बरनन की कथा आपको सुनाई/पढ़ाई। यह तो मूल ग्रन्थ की चर्चा थी। अब पुष्पिका पर आना होगा, जिससे इसके रचने वाले का पता चलता है। यह नहीं कहा जा सकता कि यह ग्रन्थ कवि गंग के नाम से कैसे प्रसिद्ध हुआ। वे तो इस पुस्तक के लगभग नायक हैं। मूल ग्रन्थ में जहाँ-जहाँ कवि गंग का नाम आया है, वहाँ बाबा गंग भाटजी लिखा हुआ है। ख़ुद को बाबा कौन कहता है और ख़ुद के नाम के साथ जी कौन लगाता है? इसी से साबित है कि इस महिमा का लेखक कोई और है। लेकिन पुस्तक की पुष्पिका से स्पष्ट है कि इस महिमा का लेखक कोई अजमेर का विष्णुदास है। पुष्पिका बाँचने पर यह भेद खुल जाता है—

रास बंचना पुरन भया अम्बकाश बरकास हूया जीशका सम्मत 1627 का मती मधुमास सुदी तेरस गुरुवार के दीन

> पुरन भए॥1॥ इति श्री रयनसी जुध चन्द छंद बरनन की महिमा दलीपत जी श्री 108 श्री श्री अकबर साहाजी कुं गंग भाटजी ने सुनाया जीसकी महिमा महाराजाधिराज महाराज जी 108 श्री श्री सीशोद वंशे आखंडमंड सुर उदैसिंह सुत सगतसिंह जी वीजये राज्ये तत पंडित विष्णुदास लिखत नग्र अजमेर मध्ये 1 सम्वत 1629 का साखे 1494 का मास मासे सूक्ल पक्षे बीज रवीवासुरे श्रीरस्तु कल्याणमस्तु॥

अर्थात रासो बाँचना पूर्ण हुआ। आमखास बर्खास्त हुआ। जिसका संवत 1627 मधुमास सुदी तेरस गुरुवार। चन्द छंद की महिमा श्री अकबर को गंग भाट ने सुनाई और जिसकी महिमा सिसोदवंश के महाराज उदयसिंह के पुत्र सगतसिंह जी के विजय-राज्य में उनके पंडित विष्णुदास ने अजमेर नगर में लिखा। संवत 1629 का साखे 1494 मास सावन शुक्ल 2 रविवार।

इस पुष्पिका से यह स्पष्ट है कि *चन्द छंद बरनन की महिमा* कवि गंग ने नहीं, बल्कि पंडित विष्णुदास ने अजमेर में लिखी। विष्णुदास ने रासो-पाठ के दो वर्ष बाद यह महिमा लिखी। इससे यह तय है कि यह ग्रन्थ विष्णुदास का लिखा हुआ है। फिर यह प्रवाद क्यों फैला या अब तक फैला हुआ है कि महिमा कवि गंग की रचना है। इस पुस्तक को जाली बताने वाले विद्वानों ने इस पर विचार नहीं किया। जाली/नक़ली/फ़र्ज़ी/अप्रामाणिक होने का फ़तवा सुना दिया बस।

आश्चर्य की बात यह कि विद्वानों ने न केवल किताब को जाली ठहराया बल्कि इसके लेखक विष्णुदास को भी ऐतिहासिक आधार पर खारिज़ कर दिया है। महिमा के विद्वान सम्पादक बटे कृष्ण कहते हैं कि अब यह जाँचना चाहिए कि संवत 1629 में इस रचना का दावा करने वाले विष्णुदास कौन थे। वे कहते हैं कि दूर जाने की ज़रूरत नहीं, पुष्पिका

स्वयं यह भेद खोल देती है। विष्णुदास ने लिखा है कि सिसोदिया वंश के महाराजधिराज उदय सिंह के पुत्र सगतसिंह के विजय-राज्य अजमेर में यह ग्रन्थ लिखा। लेकिन इतिहास साक्षी है कि संवत 1629 में सिसोदिया वंश के सगतसिंह का राज्य अजमेर में कभी नहीं रहा। अत: महिमा की पुष्पिका में उल्लिखित सगत सिंह सिसोदिया का राज्य संवत 1629 में होना इतिहास से प्रमाणित नहीं होता।

इतिहास के इस आधार पर एक उत्कृष्ट साहित्यिक कृति को जाली ठहराना किस दृष्टि का परिणाम है? बटे कृष्ण आगे निष्कर्ष सुनाते हुए लिखते हैं कि अत: अब यह सुनिश्चित है कि विष्णुदास की लिखी यह पुष्पिका भी सत्य से परे है। किसी को इस बात में सन्देह हो, तो पुष्पिका में एक और चमत्कार है। ऊपर पुष्पिका का जो अंश उद्धृत किया गया है, उसके बाद चन्द बरदाई के पिता वेण का एक छप्पय लिखा हुआ है, जिसमें उसने राजा सोमेश्वर को आशीर्वाद दिया है। उस छंद की वार्ता में लिखा है कि यह कविता बाबा गंगजी ने तीरों से लिखी है अजमेर मध्य स्थित पटोला बाय के डेरे में।

या कवता बाबा गंगजी तीरा सुं लिख्यो पटोला बाय का डेरा अजमेर मध्ये!

षष्ठ अध्याय

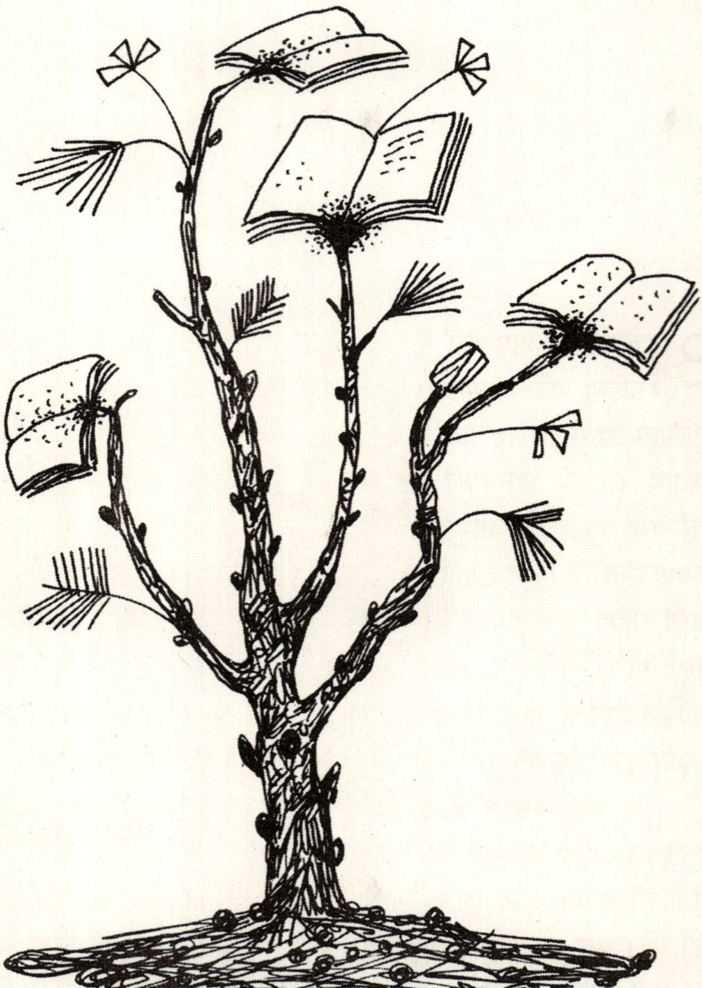

अकबर के आमखास में रासो-पाठ पूरा हुआ और इस किताब में महिमा-पाठ। आमखास तो बर्ख़ास्त हुआ, लेकिन अभी यह नया उपन्यास ख़त्म नहीं हुआ है। इसे केवल संयोग समझा जाए किं जिस किताब *चन्द छंद बरनन की महिमा* भी एक किताब के बारे में किताब थी, उसी तरह यह किताब भी एक किताब के बारे में है और यह भी कोई कम करामात नहीं है कि इन दोनों ही किताबों को हिन्दी विद्वानों/आलोचकों ने जाली घोषित किया हुआ है और घोर आश्चर्य का विषय यह कि उसके बाद किसी भी आलोचक ने पाठक ने, रसिक ने, इस बारे में कोई सवाल नहीं उठाया। इनमें से पहली किताब को हिन्दी का पहला महाकाव्य कहा जाता है और दूसरी किताब को खड़ी बोली हिन्दी के गद्य की पहली किताब।

यह कोई कम शर्मिंदगी का विषय नहीं कि हिन्दी महाकाव्य और हिन्दी गद्य, दोनों की शुरुआत जालसाज़ी से हुई। इतने बरसों में किसी ने भी हिन्दी कविता और गद्य के मस्तक पर लगा यह दाग़ धोने की कोशिश नहीं की। जब रामचन्द्र शुक्ल स्पष्ट शब्दों में पृथ्वीराज-रासो के बारे में लिखते हैं कि यह पूरा ग्रन्थ वास्तव में जाली है, तो क्या शुक्लजी प्रकारांतर

से चन्द बरदाई जैसे महाकवि को जालसाज़ नहीं कह रहे? लेकिन जिस ग़ैरसाहित्यिक आधार पर रासो को आधुनिक हिन्दी के आदि-आलोचक जाली, नक़ली या फ़र्ज़ी बता रहे हैं, उस आधार पर तो बहुत आसानी से *रामायण* और *महाभारत* को भी जाली ठहराया जा सकता है।

यह नया उपन्यास इसीलिए लिखा जा रहा है कि हिन्दी भाषा की इन दोनों अनमोल कृतियों के माथे पर लगे दाग़ को मिटाया जाए। किसी कवि-लेखक को परम्परा केवल मिलती नहीं है, उसे परम्परा को कुछ देना भी होता है। यह एकतरफ़ा रास्ता नहीं है। यह किताब लेखक को हिन्दी-साहित्य की सुदीर्घ परम्परा से ही प्राप्त हुई है। लेकिन इतनी लम्बी पुरानी परम्परा पर इतने दिनों में जो धूल जम गई है, उसे साफ़ करने का दायित्व किसका है?

बरनन का वर्णन तो समाप्त हो गया, लेकिन मुक़दमा अभी जारी है। एक साहित्यिक मुक़दमा। सवाल यह है कि जब गंग रचनावली के विद्वान सम्पादक बटे कृष्ण ने *चन्द छंद बरनन की महिमा* पुस्तक को पूर्णतया जाली साबित कर दिया और लिखा कि यह पुस्तक कवि गंग की लिखी हुई नहीं है, तो इस पुस्तक को गंग रचनावली में शामिल करने का औचित्य क्या है? हम बटे कृष्ण के इस पुस्तक पर लगाए गए एक-एक आरोपों की जाँच करेंगे और साबित करने की कोशिश करेंगे कि बरनन झूठ नहीं, सच्चा है।

बटे कृष्ण लिखते हैं कि ग्रन्थ में दो तरह के अन्त:साक्ष्य उपलब्ध हैं, पहला कथावस्तु और दूसरा कथावस्तु में सन्निविष्ट ऐतिहासिक तथ्य। जहाँ तक कथावस्तु का सम्बन्ध है, कोई भी बुद्धिमान व्यक्ति छूटते ही कहेगा कि इस ग्रन्थ में जो कुछ लिखा है, सब गप्प है। अकबर के प्रश्नों का एक भी समीचीन उत्तर इसमें नहीं दिया गया है। सारी कथा को पौराणिक रूप देने की कुचेष्टा की गई है। यह आपत्ति मूर्खतापूर्ण और ग़ैरसाहित्यिक है। क्या किसी लेखक को कल्पना का अधिकार नहीं? लगता है, सम्पादक महोदय कवि-लेखक को कल्पनाविहीन बना देना चाहते हैं। इस किताब में

यदि सभी कुछ गप्प है तो फिर दुनिया की सभी उत्कृष्ट साहित्यिक कृतियाँ महागप्प हैं। कथानक काल्पनिक ही होता है। किसी भी कवि-लेखक के पास सबसे बड़ा अस्त्र उसकी कल्पना ही होती है।

महिमा को जाली किताब ठहराने के अन्य तर्क भी सम्पादक के पास हैं, जिनको जाँचने की कोशिश हम आगे करेंगे, लेकिन उनके पास इसका मुख्य आधार इसकी ऐतिहासिकता ही है। उसी पर आपत्ति है, जबकि इतिहास ही कौन-सा प्रामाणिक है। यह बात यूँ ही नहीं कही गई है कि इतिहास सच्चाई का आभास कराता हुआ झूठ का पुलिंदा है, तो साहित्य झूठा/काल्पनिक होते हुए भी हमें सच्चाई से रूबरू कराता है।

सम्पादक महोदय को बरनन में आए वर्णन पर भी आपत्ति है। लिखते हैं—

> फिर आमखास का वर्णन भी चिन्तनीय है। दरबार में एक ओर नाच-गाना हो रहा है, तो दूसरी तरफ़ नाटक भी हो रहा है, कहीं लोग किताबों के किस्से पढ़ रहे हैं, कहीं इनाम बँट रहे हैं। दरबार क्या है—एक नुमाइश है, जहाँ सब प्रकार के मनोरंजन के सामान भी विद्यमान हैं और साथ ही राजसी मन्त्रणा भी हो रही है। क्या तमाशा है?

बटे कृष्ण लेखक को इतनी छूट भी नहीं देना चाहते कि वह अपनी कल्पना का दरबार सृजित कर सके। हमारी राय में तो लेखक ने अकबर के दरबार और आमखास का बहुत ही जीवंत वर्णन किया है। दरबार, मीनाबाज़ार, राजाओं-बादशाहों की मजलिसों का इसी तरह का वर्णन हम इतिहास और अदब की किताबों में पढ़ते आए हैं। सम्पादक की यह आपत्ति निश्चय ही निराधार और पक्षपातपूर्ण है।

लगता है, पुस्तक के सम्पादक कल्पना विरोधी हैं, जबकि कहा जा चुका है कि दुनिया का हर कवि-लेखक कल्पना की बुनियाद पर ही अपने सप्तखंडी-साहित्य का निर्माण करता है। आमखास में रासो पर हुई बहस में जिन-जिन ने भी रासो के पक्ष में गवाहियाँ दी हैं उन पर भी उन्हें आपत्ति है—सब तो सब, बहरम खां की साक्षी तो सबसे बढ़ी हुई है। वे कहते हैं कि मैं एक बार आखेट के निमित्त वन में गया था। वहाँ एक योगी से भेंट हुई, जो अन्तर्यामी थे। मुझे मन में चन्द का एक छंद याद आया, मैंने उसे मुख से उच्चरित भी नहीं किया और उन्होंने तुरंत उसे बता दिया। पूछने पर उन्होंने कहा कि मैं दुर्वासा ऋषि के शिष्य के पास होकर आया हूँ और आला जोगी गोरखनाथ का चेला हूँ। कहाँ दुर्वासा ऋषि के शिष्य, कहाँ गोरखनाथ और कहाँ बहरम खाँ से भेंट करने वाले मुनि। इतना ही नहीं, मुनिजी भी सद्य अन्तर्धान हो गए कि आगे कुछ झमेला न खड़ा हो, कहीं रासो के विषय में कुछ और प्रपंच न उठे। क्या कल्पना है?

क्या कल्पना है? यह वाक्य काव्य या साहित्य के विषय में तो प्रशंसा का कहा जाएगा, लेकिन यह वाक्य बटे कृष्ण ने निन्दा में कहा है। इसीलिए यह कहा गया कि जो आलोचक कल्पना का विरोधी हो, उसे आलोचक किस तरह कहा जाए? यह तो केवल कल्पना है, आलोचक यदि जादुई-यथार्थ तक पहुँचते तो क्या होता, इस बात की भी केवल कल्पना ही की जा सकती है। कवियों के बारे में यह कहावत तफ़रीहन नहीं कही जाती कि *जहाँ न पहुँचे रवि, वहाँ पहुँचे कवि।* जहाँ सूर्य की किरणें तक नहीं पहुँच सकती वहाँ कवि अपनी कल्पना के माध्यम से ही पहुँचता है। यह लेखक तो कल्पना विरोधी सम्पादक/आलोचक की कल्पना तक नहीं कर सकता।

साहित्य को काल-निर्धारण, इतिहास और पुरालेखों के आधार पर मूल्यांकित करने की दृष्टि भारतीय नहीं है। जैसा कि पूर्व-कथन है कि यह दृष्टि निहायत औपनिवेशिक दृष्टि है। आधुनिक भारतीय भाषाओं,

विश्वविद्यालयों, शोध-संस्थानों में मूल्यांकन की यह विजातीय दृष्टि 1784 में एशियाटिक सोसायटी की स्थापना के बाद आई। यह दृष्टि अपने साहित्य, अपनी भाषा और अपनी संस्कृति को छोड़कर सब को संदिग्ध समझती है। मैथ्यू आर्नल्ड ने कहा था कि दुनिया के सारे कवि-लेखक प्रश्नों के घेरे में हैं, इससे केवल शेक्सपीयर मुक्त हैं। वे कालिदास, भवभूति, वाल्मीकि, व्यास सब पर सवाल उठा सकते हैं, लेकिन शेक्सपीयर पर नहीं। यह वही दृष्टि है जो धीरे-धीरे भारतीय शिक्षा-प्रणाली में प्रबल होती गई। एशियाटिक सोसायटी ने जितने भारतीय ग्रन्थों को जाली ठहराया, इसके बाद उन्हीं के ग़लत पैमानों से भारतीय विद्वानों/आलोचकों में हमारी परम्परा और साहित्य को अप्रामाणिक और जाली ठहराने की होड़ लग गई। हिन्दी के आदिआलोचक आचार्य रामचन्द्र शुक्ल जब *हिन्दी साहित्य का इतिहास* में *पृथ्वीराज रासो* को जाली ग्रन्थ ठहराते हैं, तब यही औपनिवेशिक-दृष्टि काम कर रही थी। केवल कालक्रम निर्धारण की पद्धति से साहित्य का मूल्यांकन करना किसी भी दृष्टि से उपयुक्त नहीं कहा जा सकता।

यही बाहरी दृष्टि बटे कृष्ण से यह लिखवाती है—

> जबकि रासो में यह स्पष्ट लिखा हुआ है कि चन्द जब गजनी जाने लगा, तब उसने रासो की पोथी अपने पुत्र जल्हण को सौंपी कि आगे का हाल तुम लिखना। तब भी गंग कवि का बराबर यही कहते जाना कि नहीं, बाद का भी सारा विवरण चन्द का ही लिखा हुआ है, वे अन्तर्यामी भविष्यदृष्टा थे, उन्हें भगवती सिद्ध थी, वे बोलती जाती थीं और चन्द लिखता जाता था, केवल हठधर्मिता नहीं तो और क्या है? कमाल पर कमाल! यदि एक क्षण को यह मान लिया जाए कि चन्द के गजनी जाने के बाद का हाल चन्द के पुत्र जल्हण का लिखा है,

तो इससे समूचा महाकाव्य कैसे जाली सिद्ध किया जा सकता है? इस आधार पर तो समूचा भारतीय-वाङ्मय जाली है। झूठा है। नक़ली है। फ़र्ज़ी है। इस आधार पर लेकिन आचार्य शुक्ल और बटे कृष्ण *रामायण* और *महाभारत* को जाली सिद्ध नहीं करते। क्रोंच-वध-प्रसंग की ऐतिहासिकता किसी ने नहीं जाँची और महाभारत तो व्यासजी ने बैठे-बैठे गणेशजी को लिखवाई थी। व्यास सोचते जाते थे, छंद बनाते जाते थे और गणेशजी को लिखवाते जाते थे।

व्यासजी ने एक लेकिन शर्त गणेशजी के सामने लगाई कि जो भी लिखोगे, समझकर लिखोगे। गणेशजी जितनी देर में अर्थ समझकर लिखते थे, तब तक व्यासजी अगला श्लोक सोच लेते थे। ऐसे प्रसंगों की ऐतिहासिकता कहाँ से लाओगे?

महिमा पर अन्य आपत्तियों पर चर्चा करने से पूर्व हमें रासो परम्परा के बारे में जान लेना चाहिए। भारतीय-वाङ्मय में इतिहास लेखन की सुपुष्ट परम्परा नहीं दिखाई देती। काव्यों-महाकाव्यों में जो इतिहास आभासित है, उसे पूरी तरह से इतिहास नहीं कहा जा सकता। पुराने समय में राजों-रजवाड़ों-सामंतों के दरबारों में राजकवि भी होते थे। वे अपने आश्रयदाता के साथ युद्धों-लड़ाइयों में भी भाग लेते थे और इनका अतिशयोक्तिपूर्ण वर्णन करते थे। इस तरह के काव्य इतिहास का एक स्रोत या सामग्री तो हो सकते हैं, लेकिन इनके आधार पर इतिहास नहीं लिखा जा सकता। यदि कोशिश की गई तो वह विफल और भ्रामक होगी। आचार्य रामचन्द्र शुक्ल का रासो काव्य के बारे में कहना है कि यहाँ पर वीरगाथा काल के उन ग्रन्थों का उल्लेख किया जाता है, जिसकी या तो प्रतियाँ मिलती हैं या कहीं उल्लेख मात्र मिलता है। ये ग्रन्थ रासो कहलाते हैं। कुछ लोग इस शब्द का सम्बन्ध

रहस्य से बताते हैं, पर बीसलदेव रासो में काव्य के अर्थ में रसायण शब्द बार-बार आया है। अत: हमारी समझ से यह रसायण शब्द ही होते-होते रासो हो गया है। लेकिन यहाँ पर शुक्लजी इसका डिंगल/राजस्थानी अर्थ छोड़ देते हैं। डिंगल/राजस्थानी में लड़ाई-झगड़े को भी रासो कहा जाता है। जितने भी रासो ग्रन्थ पाए जाते हैं, वे अधिकतर डिंगल अथवा पिंगल में हैं और उनमें युद्धों और लड़ाइयों का वर्णन है। लेकिन रासो में केवल युद्ध-वर्णन ही होता था, यह निष्कर्ष भी उचित नहीं।

हमारे आदिआलोचक जब पृथ्वीराज रासो को नक़ली ग्रन्थ बताते हैं तो यह तर्क देते हैं कि रासो में दिए गए संवतों का ऐतिहासिक तथ्यों के साथ बिल्कुल मेल न खाने के कारण अनेक विद्वानों ने पृथ्वीराज के समकालीन कवि का लिखा होने में सन्देह प्रकट किया है और उसे 16वीं शताब्दी में लिखा हुआ एक जाली ग्रन्थ माना है। रासो में चंगेज़, तैमूर आदि कुछ पीछे के नाम आने से यह सन्देह और भी पुष्ट हो जाता है। प्रसिद्ध इतिहासज्ञ रायबहादुर पंडित, गौरीशंकर हीरानन्द ओझा रासो में वर्णित घटनाओं और संवतों को बिल्कुल भाटों की कल्पना मानते हैं। यह अच्छा कहा ओझाजी ने जो भाटों की कल्पना को ब्राह्मणों की कल्पना से अलग मानते हैं! आगे शुक्लजी ओझाजी को कोट करते हुए कहते हैं कि पृथ्वीराज की राजसभा में कश्मीरी कवि जयानक ने संस्कृत में *पृथ्वीराजविजय* नामक एक काव्य लिखा है, जो पूरा नहीं मिलता। उसमें दिए गए संवत तथा घटनाएँ ऐतिहासिक खोज के अनुसार ठीक ठहरती हैं जिसका पुष्टि हाँसी के शिलालेख से भी होती है। जयानक का *पृथ्वीराजविजय* ग्रन्थ अत्यंत प्रामाणिक और समसामयिक हैं। फिर वही घिसा हुआ व्यर्थ पैमाना। संस्कृत में लिखे गए एक आधे-अधूरे काव्य को वे प्रामाणिक और समसामयिक बताते हैं और एक लाख छंदों वाले लोकप्रिय ग्रन्थ *पृथ्वीराज रासो* को वे एक झूठा ग्रन्थ बताते हैं। यह आलोचना की कुलीन दृष्टि है, जो संस्कृत

को श्रेष्ठ मानती है और लोकभाषा को हेय। जयानक ब्राम्हण कवि था और चन्द भाट। ब्राह्मणवादी कुलीन दृष्टि किसी भाट को किसी ब्राह्मण से बेहतर कैसे समझ सकती है। और सबसे बड़ी बात यह कि जयानक के *पृथ्वीराजविजय* काव्य का संस्कृत में आज कोई नामलेवा नहीं है, जबकि पृथ्वीराजरासो आज भी अपने उत्कृष्ट काव्य से पाठक और सुनने वालों का हृदय आनन्द-आप्लावित करता है। रासो पर कालनिर्धारण के आधार पर निर्णय देते हुए शुक्लजी लेकिन एक दूसरे पंडित मोहनलाल विष्णुलाल पंड्या के इस मत पर कोई ध्यान नहीं देते कि रासो के सब संवतों में 90-91 वर्ष का जो अन्तर दिखाई पड़ता है, वह एक नियम से पड़ता है।

बटे कृष्ण शुक्लजी के पथ पर चलते हुए महिमा के बारे में आपत्ति उठाते हुए कहते हैं कि नागरी प्रचारणी सभा काशी द्वारा प्रकाशित *पृथ्वीराज रासो* में कुल उनहत्तर समय ही हैं, जबकि गंग की प्रति में तिहत्तर थे और कवि गंग पूरे वर्ष तक उसको बाँचते रहे, तब जाकर कहीं वह ग्रन्थ सम्पूर्ण हुआ। रामायण, महाभारत, भागवत आदि बड़े बड़े पुराण भी नित्य-प्रति चार-चार, पाँच-पाँच घंटे बाँचने से महीने-दो महीने-चार महीने में समाप्त हो जाते हैं, पर *पृथ्वीराज रासो* ऐसा महापुराण निकला कि दोपहर से रात तक बाँचते रहने पर भी साल भर से कम में पूरा नहीं हुआ। यह कैसा हास्यास्पद तर्क है? कहने की बात है। वैसे तो यह भी कौन जानता है कि अकबर ने वास्तव में ही पृथ्वीराज रासो सुना था हालांकि लोकप्रसिद्धि यही है कि अकबर ने पूरा रासो सुना था और पृथ्वीराज चौहान के बारे में उसकी वीरता के बारे में अकबर के दिल में बेहद सम्मान था।

अब इस जिरह में एक और दिलचस्प मोड़ आता है। जहाँ एक ओर आचार्य रामचन्द्र शुक्ल संवतों के आधार पर रासो को जाली ग्रन्थ ठहराते हैं, वहीं बटे कृष्ण महिमा पुस्तक में आई तिथियों संवतों को सही ठहराकर भी ग्रन्थ को जाली बताते हैं। चित भी मेरी पट भी मेरी। यह मूल्यांकन का

कौन-सा तरीका है? बटे कृष्ण कहते हैं कि सबसे पहले दृष्टि जाती है इस ग्रन्थ में उल्लिखित संवतों की ओर। इसमें तीन-चार तिथियाँ वार और संवत दी हुई हैं। गणना करने पर ये तिथियाँ सही प्रमाणित होती हैं। इस सम्बन्ध में मैंने काशी के ज्योतिषाचार्यों में अग्रगण्य पंडित बापूदेवजी शास्त्री से भी परामर्श किया। इन्होंने गणना करके यह निर्णय दिया कि गणेश दैवज्ञ पद्धति के अनुसार इस ग्रन्थ की सभी तिथियाँ सही हैं। इन तिथियों को अशुद्ध नहीं कहा जा सकता। अब प्रश्न उठता है कि जब समस्त तिथियाँ ठीक हैं तब ग्रन्थ जाली कैसे है? जिस प्रकार आज गणना करके पुरानी तिथियों की सत्यता की जाँच की गई, उसी तरह गणना करके किसी भी पुरानी तिथि का वार निकाला जा सकता है और मेरी यह दृढ़ धारणा है कि इस ग्रन्थ के निर्माता ने यही किया है। क्योंकि यदि ये तिथियाँ सही हैं और यह ग्रन्थ जिस समय कवि गंग ने अकबर को सुनाया था, उसी समय या उसके दो वर्ष बाद रचा गया था, तो उस समय की वे सारी ऐतिहासिक बातें जो इसमें प्रसंगवश आ गई हैं, अशुद्ध न होती, इन तिथियों की भांति वे भी सही होतीं। पर बात उल्टी ही है। तिथियाँ तो गणना करके गढ़ी जा सकती हैं, पर प्राचीन ऐतिहासिक घटनाएँ कैसे गढ़ी जातीं?

इस पर क्या कहा जाए जो बज़िद हो कि उसे इस ग्रन्थ को जाली ठहराना है। शुक्लजी असत्य संवतों के आधार पर *पृथ्वीराज रासो* को जाली ठहराते हैं और बटे कृष्ण सही संवतों के होते हुए *चन्द छंद बरनन की महिमा* को जाली ठहरा रहे हैं। अगर गणना करके पुरानी तिथियाँ निकाली जा सकती हैं, तो यह काम चन्द बरदाई ने क्यों नहीं किया, जबकि चन्द ज्योतिष के भी ज्ञाता थे। जो उत्कृष्ट जालसाज़ होगा, वह इतनी भूलें अपने दस्तावेज़ों में नहीं छोड़ता। या वह कोई नया जालसाज़ होगा। यहाँ पर लेखक का मानना है कि यदि चन्द बरदाई कोई जाली ग्रन्थ बनाते तो इन बातों का पूरा ख़याल रखते और कोई सुराग नहीं छोड़ते। यहाँ पर यह प्रश्न भी समीचीन

जान पड़ता है कि क्या अब साहित्य का मूल्यांकन ज्योतिषाचार्य करेंगे? साहित्य को मापने के पैमाने हमें ज्योतिष-शास्त्र में ढूंढने होंगे?

यह कौन-सी मूल्यांकन पद्धति है कि हमारे आदिआलोचक न केवल *पृथ्वीराज रासो* को जाली ग्रन्थ बताते हैं, बल्कि एक जगह तो वे ग्रन्थकार को ही जाली ठहरा देते हैं। वे लिखते हैं : प्रश्न यह भी है कि पृथ्वीराज की सभा में चन्द नामक कोई कवि था या नहीं। *पृथ्वीराजविजय* के कर्ता जयानक ने पृथ्वीराज के मुख्य भाट या बन्दिराज का नाम पृथ्वीभट्ट लिखा है, चन्द का नाम उसमें कहीं नहीं आया है। *पृथ्वीराजविजय* के पांचवें सर्ग में एक श्लोक आया है :

तनयशचन्द्रराजस्य चन्द्रराज इवाभवत।
संग्रहं यस्सुवृतानां सुबृत्तानामिव व्यधात॥

इसमें यमक द्वारा जिस चन्द्रराज कवि का संकेत है यह गौरीशंकर हीरानन्द ओझा के अनुसार चन्द्रक कवि है, जिसका उल्लेख कश्मीरी कवि क्षेमेन्द्र ने भी किया है। इस अवस्था में कहा जा सकता है कि चन्द बरदाई नाम का कोई कवि था, तो वह या तो पृथ्वीराज की सभा में न रहा होगा या जयानक के कश्मीर लौट जाने पर आया होगा। अधिक सम्भव यह जान पड़ता है कि पृथ्वीराज के पुत्र गोविन्दराज या उनके भाई हरिराज या इन दोनों में से किसी के वंशज के यहाँ चन्द नाम का कोई भट्ट कवि रहा हो, जिसने उनके पूर्वज पृथ्वीराज की वीरता आदि के वर्णन में कुछ रचना की हो। एक समूचा महाकाव्य जिसमें एक लाख छंद हों वह आचार्य शुक्ल को 'कुछ रचना' लग रही है।

और यह भी आश्चर्य की ही बात है कि आचार्य शुक्ल चन्द बरदाई को हिन्दी का प्रथम महाकवि बताते हैं और उनके पृथ्वीराज रासो को हिन्दी का प्रथम महाकाव्य और फिर उनके ग्रन्थ को जाली बताते हैं। क्या हिन्दी भाषा

का प्रथम महाकवि जालसाज़ था? वाल्मीकि को भी डाकू बताया जाता रहा है। इसी तरह एक तरफ शुक्लजी चन्द के अस्तित्व पर ही प्रश्नचिह्न लगाते हैं और दूसरी तरह महाकवि चन्द बरदाई का वंशवृक्ष भी अपने इतिहास में प्रकाशित करते हैं। यह विरोधाभास क्यों? यह उसी औपनिवेशिक और कुलीन दृष्टि का परिणाम है। उनकी ब्राह्मणवादी कुलीन दृष्टि इस बात पर विश्वास करने को भी तैयार नहीं हैं कि कोई भाट इतने बड़े महाकाव्य की रचना कर सकता है, जिसकी तुलना *रामायण* और *महाभारत* से की जाती हो।

पृथ्वीराज रासो को जाली बताने से इस महाकाव्य का महत्त्व कम नहीं हो जाता। आचार्य शुक्ल अपने *हिन्दी साहित्य का इतिहास* में चन्द के होने पर सन्देह करने के बाद यह भी जोड़ते हैं कि महामहोपाध्याय पंडित हरप्रकाश शास्त्री ने 1909 से 1913 तक राजपूताने में प्राचीन ऐतिहासिक काव्यों की खोज में यात्राएँ की थीं। उसका विवरण एशियाटिक सोसायटी ने छापा है। उस विवरण में रासो के बारे में बहुत कुछ लिखा है और कहा गया है कि कोई-कोई तो चन्द के पूर्व-पुरुषों को मगध से आया हुआ बताते हैं। कहते हैं कि चन्द पृथ्वीराज के पिता सोमेश्वर के समय में राजपूताने में आया और पहले सोमेश्वर का दरबारी और बाद में पृथ्वीराज का मंत्री, सखा और राजकवि हुआ।

इस नए उपन्यास की कथा अब दिलचस्प मोड़ पर है। वह इसलिए कि एक कथित जाली ग्रन्थ पृथ्वीराज रासो की प्रशस्ति में *चन्द छंद बरनन की महिमा* पुस्तक लिखी गई और *चन्द छंद बरनन की महिमा* की महिमा में यह पुस्तक लिखी जा रही है। कुलीन आलोचक जब तक इस पुस्तक को भी जाली ठहराएँ, मैं ख़ुद ही इस नया उपन्यास का नाम 'जाली किताब' रख लेता हूँ।

सप्तम अध्याय

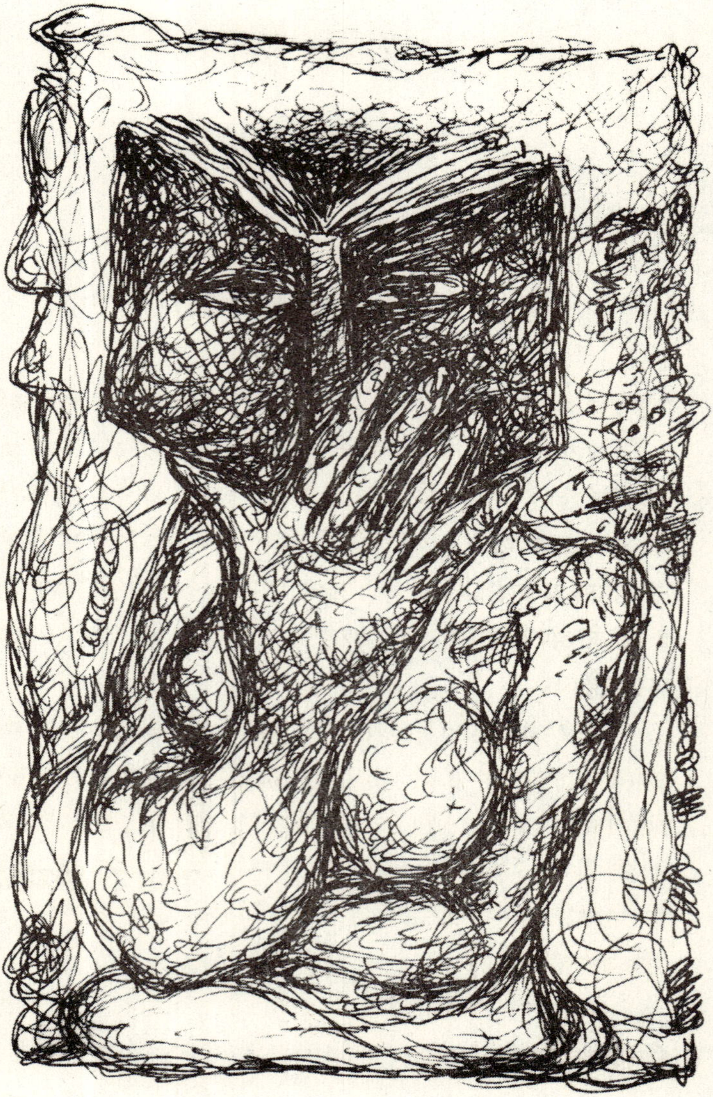

यह नया उपन्यास अब अपने अन्तिम पड़ाव पर पहुँच गया है। दरअसल यह किताब एक साहित्यिक-मुक़दमा है, जिसे इसलिए लड़ा जा रहा है कि हम हमारी परम्परा की दो श्रेष्ठ किताबों को जाली होने के अपराध से मुक्ति और हमारे दो श्रेष्ठ कवि-मनीषियों को जालसाज़ी के आरोप से मुक्ति दिला सकें। यह भी नए कवियों लेखकों का कार्यभार है कि वे अपनी परम्परा का गहराई से आलोचनात्मक दृष्टि से अवगाहन करते रहें।

जिस *चन्द छंद बरनन की महिमा* पुस्तक के कथानक पर यह उपन्यास लिखा जा रहा है उसे खड़ी बोली हिन्दी गद्य का प्रथम नमूना कहा गया, जिसे कुछ विद्वानों/आलोचकों ने जाली किताब का तमगा दिया है। तो मैं यहाँ जिस गद्य में यह किताब लिख रहा हूँ, क्या वह जालसाज़ी की परम्परा कहलाएगी? क्यों आज तक किसी भी हिन्दी लेखक ने इसका प्रतिकार नहीं किया?

क्या गुलेरी, प्रेमचन्द, निराला, प्रसाद, उग्र, अज्ञेय, रेणु, हजारीप्रसाद द्विवेदी इत्यादि हिन्दी लेखक जालसाज़ी की परम्परा के लेखक हैं?

क्या यह हमारा दायित्व नहीं कि हम हमारे पूर्वजों को उन कारागारों से मुक्त कराएँ, जहाँ वे शताब्दियों से बिना अपराध के सज़ा काट रहे हैं? कल को हमें भी निर्दोष-नागरिकों की तरह कारागारों में धकेला जाएगा, तब हमें कौन बचाएगा? कविता-कहानी लिखना ही कवियों-लेखकों का काम नहीं होता, उसे इस तरह के अन्यान्य कार्य भी करने पड़ते हैं। करने चाहिए।

आइए, मुक़दमे की अन्तिम दलीलों तक। बरनन के बारे में बटे कृष्ण के कुतर्क देखिए कि किस आधार पर वे इसे जाली कृति साबित करते हैं—

> ग्रन्थ आरम्भ होता है अकबरी दरबार से। यह दरबार कहाँ लगा—आगरे में, दिल्ली में, अजमेर में या कहीं और? इसका कुछ पता नहीं। इस कुतर्क का जवाब यही कहकर दिया जा सकता है कि अकबर का दरबार सुन्नमहल में लगा हुआ था। यह ऐसा ही तर्क है कि अकबर और उसके दरबारी जब दरबार में बैठकर रासो-पाठ सुन रहे थे तो वे कपड़े पहने हुए थे या नंगे बैठे हुए थे क्योंकि महिमाकार ने तो कपड़ों का कोई ज़िक्र तक नहीं किया। या यह भी पूछा जा सकता है कि एक वर्ष तक आमखास में रासो-पाठ होता रहा तो अकबर और उनके दरबारियों ने खाना खाया या नहीं या भूखे पेट ही साल भर सुनते रहे क्योंकि महिमाकार ने इस बात का भी ग्रन्थ में कोई संकेत नहीं दिया है।

अब आते हैं ब्राह्मणवादी-कुलीन दृष्टि पर। बटे कृष्ण लिखते हैं कि कोई बादशाह अपने बराबरी वाले या किसी पूज्य के लिए ही अपने आसन से उठकर सलाम लेता है, वह भाटों के लिए सिंहासन नहीं छोड़ता। पर भाट लोग अपनी प्रशंसा के लिए यह बराबर लिखते आए हैं कि अमुक चारण को अमुक नृपति ने इतनी प्रतिष्ठा दी कि उसे तो हाथी पर चढ़ाया

और आप घोड़े पर चढ़कर उसे घर तक पहुँचाया। बटे कृष्ण का विष इस अन्तिम वाक्य में देखने लायक है—

> कविता करने पर भी भाट को यदि ब्राह्मण का आदरणीय पद
> नहीं मिला, तो भाट फिर ब्राह्मण ही क्यों कहलाया।

तकनीकी आधार पर किसी साहित्यिक कृति का मूल्यांकन नहीं किया जा सकता। इस आधार पर यदि साहित्य का मूल्यांकन होगा, तो संसार की सारी क्लासिक/अमर कृतियाँ और आधा साहित्य खारिज़ करना होगा। जॉर्ज ऑरवेल 1949 में 1984 की कथा लिख देते हैं। इसी तरह साहित्यकार भविष्यदृष्टा होता है। वह जानबूझ कर भी तथ्यों में घपला कर सकता है। आगे की बात पीछे और पीछे की बात आगे लिख सकता है। यह उसकी सर्जनात्मक स्वतंत्रता है। कोई लेखक ग़ालिब की मंटो से मुलाक़ात करवा सकता है। मुक्तिबोध और मलार्मे के बीच संवाद करवा सकता है। निराला राम की शक्ति पूजा तुलसीदास को सुना सकते हैं। यह कवि-लेखक ही है, जो असम्भव को सम्भव कर सकता है। उसे यह वरदान है।

इस तरह संवत/तिथि इतिहासम्मत है या नहीं, इन सारी आपत्तियों को हम खारिज़ करते हैं, क्योंकि साहित्य के मूल्यांकन का यह पैमाना कभी नहीं हो सकता। ऐसी बहुत सारी ऐतिहासिक भूलों को बटे कृष्ण ने गिनाया है। बरनन में बहुत से ऐसे नगरों का नाम आया है, जिनके बारे में कहा गया कि वे तब तक अस्तित्व में नहीं आए थे। इसी तरह पृथ्वीराज रासो के पक्ष में ग्रन्थ में जिन राजाओं, सामंतों की गवाहियाँ दिलवाईं गई हैं, वह सम्पादक के अनुसार कहीं-कहीं मेल नहीं खाता। एक उदाहरण से जानिए—

> रासो का सम्बन्ध राजस्थान से विशेष है। अत: वहाँ के कुछ
> और नरेशों की भी गवाही चाहिए। मेड़ता के राजा पृथ्वीराज

राठौड़ के लिए कहा गया कि पृथ्वीराज राठौड़ थे तो अकबर के कृपापात्र अवश्य पर ये मेड़ता के नहीं, बीकानेर के थे। इस तरह की अर्थहीन आपत्तियाँ।

संवत ठीक नहीं तो आपत्ति, संवत ठीक तब भी आपत्ति। यह समालोचना की कौन-सी पद्धति है? एक तरफ़ तो सम्पादक कहते हैं कि अकबर के दरबार में रासो का पाठ हुआ इसका कोई प्रमाण नहीं। दूसरी तरफ़ देखिए बटे कृष्ण क्या लिखते हैं—

> अब बादशाही निर्णय का समय आया। अकबर मान गया कि चन्द कवि ने रासो इतनी आतुरता से रचा कि देवता भी वैसा नहीं कर सकते। फिर अकबर ने आदेश दिया कि जितने भी राजा-नवाब हैं, सबको रासो की प्रति नक़ल करवा कर रखनी चाहिए। जो पहले से रखते आए हैं वे भी रखें और जिनके पास नहीं है, वे भी रखें। इससे उनकी प्रतिष्ठा बढ़ेगी। देखो, पृथ्वीराज ने चन्द को आश्रय दिया तो उन्होंने पृथ्वीराज-रासो रच दिया, जिससे उसका नाम अमर हो गया और इतना ही नहीं, चन्द ने उनके लिए अपने प्राण भी दे दिए।

अब सम्पादक की आपत्ति देखिए : बादशाह की भी मति ऐसी फिरी कि उनके सारे तर्क हवा हो गए। क्यों न होते? वहाँ एक भी व्यक्ति ऐसा नहीं निकला, जो अकबर के आरंभिक मत से सहमत होता। दरबार में टोडरमल, बीरबल आदि भी थे, पर वे भी मौन धारण किए रहे। ध्यान देने की बात है कि एक मानसिंह को छोड़कर अकबर के नौरत्नों में से किसी ने रासो पर अपना अभिमत प्रकट नहीं किया। और दो तीन को छोड़कर रासो पर बोलने वाले सारे राजस्थानी थे। फिर रासो को सबको रखने का

बादशाही हुक्म भी बड़े दाँव-पेच वाला है।

एक तरफ़ तो ज़ोर देकर सम्पादक महोदय कहते हैं कि ऐसी कोई सभा नहीं जुटी, यह कपोल-कल्पना है। दूसरी तरफ़ इसी बात को अपने पक्ष में मोड़ने के लिए वे लिखते हैं कि *पृथ्वीराज रासो* के जितने भी हस्तलेख नागरी प्रचारिणी सभा को रासो प्रकाशित होने तक मिले, उनमें कोई भी अकबर पूर्व का नहीं था। बादशाह के हुक्म से साफ़ जाहिर है कि रासो का प्रचार अकबर के समय से ही हुआ। उसी की आज्ञा से चारों ओर रासो की नक़लें फैली। एक तरफ़ तो सम्पादक का यह कहना कि ऐसी कोई सभा नहीं जुटी थी तो फिर अकबर ने रासो रखने का आदेश जो दिया था, वह भी झूठा है। लेकिन यहाँ इस बात को सम्पादक यह कहने के लिए मान रहा है, जिससे यह साबित किया जा सके कि रासो दरअसल अकबरकालीन रचना थी। ये आलोचना के दोहरे प्रतिमान हैं। चाहे जैसे मोड़ लो।

जैसा कि पूर्वकथन है कि जब विद्वान/सम्पादक को पुष्पिका से पता चल गया कि यह रचना कवि गंग की नहीं है, तो उसे उन्होंने गंग-रचनावली में क्यों शामिल किया? वे लिखते हैं—

> इस पुष्पिका से स्पष्ट हो जाता है कि रासो की जो महिमा गंग ने अकबर से कही थी, उस महिमा की महिमा पंडित विष्णुदास ने अजमेर में लिखी। विष्णुदास ने घटना के दो वर्ष बाद यह महिमा लिखी। अत: यह स्पष्ट है कि रचना विष्णुदास की है। लेकिन बटे कृष्ण हिन्दी के आदिआलोचक के पथ पर चलते हुए न केवल रचना को जाली बताते हैं, बल्कि विष्णुदास के होने पर भी सन्देह व्यक्त करते हैं, उसी तरह जिस तरह शुक्लजी न केवल रासो को जाली बताते हैं वरन कवि चन्द के होने पर भी शंका व्यक्त करते हैं।

वे लिखते हैं कि अब यह जाँचना चाहिए कि संवत 1629 में इसकी रचना करने वाले विष्णुदास कौन थे? दूर जाने की आवश्यकता नहीं, स्वयं पुष्पिका ही यह भेद खोल देती है। इसमें लिखा गया है कि सिसोदियावंशीय महाराजाधिराज उदय सिंह के पुत्र सगतसिंह के विजय-राज्य में यह ग्रन्थ लिखा। इतिहास साक्षी है कि संवत 1629 में सिसोदियावंश के सगतसिंह का राज्य अजमेर में कभी नहीं रहा। अत: अब यह निश्चित है कि विष्णुदास की लिखी पुष्पिका भी सत्य से परे है। इस पर भी सन्देह हो तो पुष्पिका में एक चमत्कार और है। पुष्पिका के अन्त में चन्द के पिता वेण का एक छप्पय लिखा हुआ है, जिसमें वे राजा सोमेश्वर को आशीर्वाद दे रहे हैं।

आश्चर्य यह कि कवियों की कल्पना पर सवाल उठाने वाले सम्पादक ख़ुद कल्पना करने से बाज़ नहीं आते। क्या बिना कल्पना के बटे कृष्ण निर्णय सुनाते हुए कहते हैं कि इससे यह निष्कर्ष निकलता है कि जिस समय इस महिमा की रचना हुई, उस समय कवि गंग रचनाकार के पास विद्यमान था। लगता तो यह है कि केवल कवि गंग ही नहीं, बटे कृष्ण भी उस समय महिमा के रचनाकार के पास बैठे थे। सम्पादक की कल्पना यहीं समाप्त नहीं होती। वह यहाँ तक जाती है : यहाँ वेण का प्रसंग चन्द के पिता का नाम प्रसिद्ध करने के लिए जोड़ा गया है। वेण से सोमेश्वर को आशीर्वाद इसलिए दिलाया गया कि जिस तरह पृथ्वीराज के पिता सोमेश्वर थे, उसी तरह चन्द के पिता वेण थे। यह इसलिए किया गया, जिससे वेण और सोमेश्वर समकालीन सिद्ध हो जाएं और पृथ्वीराज और चन्द भी समकालीन कहलाएँ। वाह! क्या कल्पना है।

लेकिन सम्पादक महोदय इस बात पर प्रकाश नहीं डालते कि जब कवि गंग और पंडित विष्णुदास, दोनों ही महिमा के सिद्ध लेखक नहीं है, तो असली महिमाकार कौन है? क्या महिमा अकबर के शब्दों में भूतों ने

लिख दी या यह ग्रन्थ आसमान से टपक पड़ा था। ग्रन्थ जब मौज़ूद है तो उसका कोई लेखक भी ज़रूर होगा। जब टेक्स्ट/पाठ उपलब्ध है, तो ज़रूर किसी ने लिखा होगा। यह संसार में होता रहा है कि रचनाओं से उनके रचनाकारों का नाम विलुप्त हो गया है। उत्तर आधुनिकता के आचार्य भी यही कहते आए हैं कि केवल टेक्स्ट/पाठ बचता है, रचनाकार विलुप्त हो जाता है। लेकिन यदि आप उसके लेखक को नहीं खोज पा रहे हैं, तो कृति को जाली कैसे कह सकते हैं?

अब आगे बढ़ते हैं जहाँ सम्पादक इस प्रश्न से जूझते हैं : सम्प्रति मेरी यह निश्चित धारणा है कि यह ग्रन्थ जाली है और बाद में बना है। यदि आप कालनिर्धारण नहीं कर पा रहे तो ग्रन्थ को नक़ली बता देंगे। यह तो कोई बात नहीं हुई। यह एक साहित्यिक युक्ति भी हो सकती है, शैली भी हो सकती है। आप चाहें तो इस तर्क से *बाणभट्ट की आत्मकथा* जैसे उपन्यास को भी जाली कह सकते हैं, क्योंकि वास्तव में मिस कैथरीन कोई नहीं थी जो इसकी पांडुलिपि हजारीप्रसाद द्विवेदी को सौंपकर गई थी। आगे सम्पादक अपनी समझ से लिखते हैं कि ऐसी जालसाज़ी क्यों और कब की गई, इसका मूल कारण *पृथ्वीराज रासो* ही दिखाई पड़ता है। रासो की प्रामाणिकता पर जब विवाद होने लगे तो उसके निस्तारण के लिए सम्भवत: महिमा की रचना की गई।

किसी सर्वप्रिय महाकाव्य की महिमा लिखना क्या जालसाज़ी का काम है? यह सच है कि महिमा की रचना *पृथ्वीराज रासो* और कवि चन्द बरदाई की प्रतिष्ठा के लिए लिखी गई। महिमा के कथानक से यह स्वयंसिद्ध है। तो? क्या यह जालसाज़ी है? धोखाधड़ी है? अपराध है? दुनिया में बहुत सारी किताबें हैं जो किताबों पर लिखी गई हैं। यह नया उपन्यास भी उनमें से एक है। किताब पर किताब!

पृथ्वीराज रासो की प्रामाणिकता के विषय में सबसे पहले 1886 ईस्वी

में विवाद खड़ा हुआ, जब *वीर विनोद* के रचयिता कविराजा श्यामलदासजी ने इस सम्बन्ध में एक निबन्ध बंगाल की रॉयल एशियाटिक सोसायटी के जर्नल में अंग्रेज़ी में छपवाया और उसका हिन्दी अनुवाद *पृथ्वीराज रहस्य* की नवीनता शीर्षक से प्रकाशित किया। जैसा कि पूर्वकथन है, इस विवाद की शुरुआत में एशियाटिक सोसायटी का निश्चित योगदान है। इसे लेकर विवाद काशी के विद्वानों में पहले ही से चल रहा था, लेकिन एशियाटिक सोसायटी ने इसे हवा दे दी।

पृथ्वीराज रासो की शताब्दियों से चली आ रही अपार लोकप्रियता ने ब्राह्मणवादी-कुलीन-विद्वानों को इसके विरुद्ध प्रचार करने का मौका दे दिया। विश्व भर में रासो की लोकप्रियता बढ़ रही थी। अन्य विदेशी भाषाओं के अतिरिक्त कर्नल जेम्स टॉड ने इसके 300 छंदों का अंग्रेज़ी अनुवाद करके इसे दूर तक लोकप्रिय कर दिया। और जैसी कि देश की राजनीतिक परिस्थितियाँ थीं उसने हिन्दू/भारतीय मानस में रासो की प्रतिष्ठा और बढ़ा दी। अब रासो की तुलना *रामायण* और *महाभारत* से की जाने लगी और चन्द बरदाई की तुलना वाल्मीकि और व्यास से की जाने लगी। यह ब्राह्मणवादी-सोच को नागवार था कि एक भाट की तुलना वाल्मीकि और व्यास से की जा रही है। जबकि यह सच था।

वाल्मीकि, व्यास और वरदाई!

भारतीय वाङ्मय के आकाश में चमकने वाले तीन नक्षत्र। ब्राह्मणवादियों को तीन में से एक रास नहीं आ रहा था, हालाँकि यह अलग बात कि वाल्मीकि और व्यास भी ब्राह्मण नहीं थे, लेकिन उन्हें ब्राह्मणत्व प्रदान कर दिया गया था या समाहित कर लिया गया था, जैसे बुद्ध को समाहित किया गया था।

पहले मुग़लों फिर अंग्रेजों की ग़ुलामी ने हिन्दुस्तानी मानस को तोड़ रखा था, ऐसे में पृथ्वीराज हिन्दुओं के नायक के रूप में उभरे। उन्हें अन्तिम हिन्दू सम्राट की विरद दी गई जबकि यह सच नहीं है। चौहान के बाद हेमू बनिए ने कुछ अरसे तक दिल्ली पर राज किया था। पृथ्वीराज का कथानक निरन्तर लोकप्रिय होता जा रहा था। लोक नाट्यों में लोक गायन में रासो को गाया जा रहा था।

एक बात और जो ब्राह्मण-विद्वानों को नागवार गुजरी वह यह कि डिंगल/पिंगल/राजस्थानी के कवि की तुलना वाल्मीकि और व्यास जैसे मनीषियों से की जा रही थी। इस तरह रासो की लोकप्रियता जितनी बढ़ती जा रही थी, उतने ही व्यर्थ विवाद पैदा किए जा रहे थे।

ऐसा नहीं कि रासो के पक्ष में ब्राह्मण-विद्वान नहीं थे। कविराजा श्यामलदासजी के सोसायटी के जर्नल में छपे लेख का पंडित मोहनलाल विष्णुलाल पंड्या ने प्रतिवाद किया और रासो की प्रामाणिकता सिद्ध करने के लिए पृथ्वीराज रासो की प्रथम संरक्षा शीर्षक से एक सुदीर्घ निबन्ध 1887 ईस्वी में छपवाकर प्रचारित किया। बाद में इसका अंग्रेज़ी अनुवाद सोसायटी के जर्नल में छपाने का प्रयास किया। नहीं छपने पर ख़ुद किताब छपवाकर वितरित की। इसी वर्ष पंड्याजी ने पृथ्वीराज रासो का आदिपर्व 1888ईस्वी में बनारस से प्रकाशित किया, जिसकी भूमिका में उन्होंने लिखा—

> हमको शोध करते हमारे स्वदेशी अन्तिम बादशाह पृथ्वीराजजी और रावल समरसीजी और महाराणा पृथाबाईजी के कुछ पट्टे/परवाने मिले हैं कि उनके संवत भी इस महाकाव्य में लिखे संवतों से ठीक-ठीक मिले हैं और पृथ्वीराजजी के परवानों में जो मुहर छाप है, उसमें उनके राज्याभिषेक का संवत 1122 लिखा है। इन परवानों के प्रतिरूप (फ़ोटो) हमने

> हमारी ओर से एशियाटिक सोसायटी बंगाल को भेंट करने के लिए प्रसिद्ध पुरातत्ववेत्ता रायबहादुर राजा राजेंद्रलालजी के पास भेजे हैं और उनके अकृत्रिम होने के विषय में पत्राचार भी हुआ है। इन परवानों के अतिरिक्त हमको और भी कई एक प्रमाण प्राप्त होने की दृढाशा है कि जिनको हम उस समय विद्वत मंडली में प्रवेश करेंगे कि जब कोई विद्वान उनको कृत्रिम होने का दोष देगा।

यह आश्चर्य की बात कि इसी समय के आसपास पंड्याजी ने राजेंद्रलाल मित्र की मध्यस्थता से *चन्द छंद बरनन की महिमा* की एक हस्तलिखित प्रति भिजवाई थी। आज भी वह प्रति सोसाइटी की लाइब्रेरी में देखी जा सकती है जिस पर लिखा है—

> प्रेसेंटेड टु एशियाटिक सोसाइटी ऑफ बंगाल थ्रू राजेन्द्रलाल मित्र बाय मोहनलाल विष्णुलाल पंड्या 1887। जब पंड्याजी ने 1887 में मित्र जी को पट्टे परवाने भेजे, उसके साथ ही बरनन महिमा की प्रति भी भेजी थी। गंग रचनावली के विद्वान/सम्पादक लिखते हैं कि श्री पंड्याजी को छोड़कर किसी को भी महिमा का कोई विशेष ज्ञान नहीं था, जबकि इसकी प्रति 1887 में ही एशियाटिक सोसायटी में आ चुकी थी। हिन्दी जगत को इसका पता सबसे पहले 1909 में चला जब सोसायटी की खोज विवरणिका से पता चला कि सोसायटी के विद्वानों ने उसे 'खड़ी बोली गद्य का प्रथम नमूना' की संज्ञा देकर प्रशंसित किया गया था। तब से यह ग्रन्थ हिन्दी के सभी इतिहास-ग्रन्थों में महत्त्व पाता रहा है, परंतु किसी ने इसकी गहरी छानबीन न की।

इतनी सारी बातों के बाद गंग-रचनावली के सम्पादक बटे कृष्ण अपनी गहरी छानबीन का फ़ैसला सुनाते हैं—

> महिमा पुस्तक में वर्णित तथ्यों का विश्लेषण किया गया, तब यह प्रकट हुआ कि जिस प्रकार गौरीशंकर हीरानन्द ओझा ने श्री पंड्याजी द्वारा प्रस्तुत पट्टे-परवानों को जाली सिद्ध कर दिया था, उसी प्रकार ग्रन्थ का जाल भी सामने आ गया और यह भी ज्ञात हो गया कि जिस उद्‌देश्य से वे पट्टे-परवाने गढ़े गए थे, वही उद्‌देश्य इस ग्रन्थ की रचना का भी था।

हम विद्वान/सम्पादक के *चन्द छंद बरनन की महिमा* जैसी अद्‌भुत पुस्तक पर सुनाए फ़ैसले को खारिज़ करते हुए कहते हैं कि साहित्यिक ग्रन्थ में तथ्य नहीं, सत्य की खोज की जानी चाहिए। साहित्य नक्शानवीसी का काम नहीं है। पंड्याजी द्वारा प्रस्तुत पट्टे-परवाने किसी के द्वारा खारिज़ कर दिए गए। लेकिन ध्यान रखिए कि यदि यह सच है तो पंड्याजी जैसा रासो और उसकी महिमा का प्रेमी भी कोई दूसरा नहीं होगा, जिसने देखा कि एक सिद्ध महाकाव्य को जाली कहकर ज़लील किया जा रहा है तो उसकी प्रतिष्ठा बचाने के लिए उन्होंने नक़ली पट्टे-परवाने बना लिए। साहित्य की दुनिया में ये कौन लोग आ गए जो साहित्यिक कृतियों का शिलालेख से मूल्यांकन कर रहे हैं। राजस्थान के मोहनलाल विष्णुलाल पंड्या *पृथ्वीराज रासो* की प्रतिष्ठा की लड़ाई जीवन-पर्यंत लड़ते रहे। उनको सलाम।

और अब यह मुक़दमा समाप्त होने को है। जिस तरह से सम्पादक ने फ़ैसला सुनाया था, जिसे हम खारिज़ कर चुके हैं—अब इस नया उपन्यास का लेखक अपना सुनाएगा। लेखक ने किताब ही इसीलिए लिखी है कि हमारे देश के गौरवपूर्ण जातीय महाकाव्य, जिसकी तुलना *महाभारत* के साथ फ़िरदौसी के *शाहनामा* से किया जाना चाहिए। हम *पृथ्वीराज रासो*

महाकाव्य पर लगा जाली होने का आरोप समाप्त करते हैं। अभागे देश के लोग ही अपने महाकाव्यों का अपमान करते हैं। रासो के साथ ही आज हम किसी अज्ञात कवि की गंग के नाम पर प्रसिद्ध हुई रचना चन्द छंद *बरनन की महिमा* पर भी लगा जाली होने का आरोप भी निरस्त करते हैं। इतनी कल्पनाशील, इतनी सुगठित, इतनी रस से भीगी हुई अद्‌भुत कृति को जाली बताने वाले आलोचक क्या किसी अपराधी से कम हैं? अपनी मूर्खता या दम्भ में जो आलोचक ऐसा कुकर्म करते हैं, वे अपनी परम्परा को ही पतित करते हैं।

आज से हिन्दी गद्य की परम्परा निर्दोष और उज्ज्वल होती है।

उपसंहार

1

मैं एक अधूरे उपन्यास की पांडुलिपि हूँ

अठारवाँ शहर और सैंतीसवाँ घर छोड़ते हुए यह पांडुलिपि मुझे किताबों के बोझ से दबी फिर नज़र आई जबकि अब मुझे इससे नफ़रत-सी हो चली है जिसके पन्ने पीले पड़ गए हैं गत्ता फट गया है और जिसे मैं पिछले बत्तीस बरसों से किसी गुप्त दस्तावेज़ की तरह छिपाए हुए शहर-दर-शहर घूम रहा हूँ

यह पांडुलिपि फाड़ कर फेंकी भी नहीं जाती

आख़िर जितनी भी कमज़ोर है मेरी अपनी ज़िन्दगी है

2

इस उपन्यास का प्रथम अध्याय 1990 में जयपुर के अशोक मार्ग स्थित ओ-आठ नंबर के घर के ऑउट-हॉउस में बारिश के दिनों में लिखा गया था

और मुझे अच्छी तरह याद है कि जब मैं दरवाज़ा खोलकर अपनी लकड़ी की संदूकची पर काग़ज़ रखकर पूरी तल्लीनता से लिखता रहता था तो कमरे में मोर घुस आते थे

एक मोरपँख अभी भी इस पुरानी पांडुलिपि में फँसा हुआ है

3

जितने पूरे हुए
उससे अधिक अधूरे उपन्यास हैं दुनिया में

जितनीं लिखी गईं
उससे अधिक कहानियाँ बिखरी हुई हैं संसार में

4

बहुत अविस्मरणीय किस्से कहानियाँ आख्यान लिखे गए
लेकिन हिन्दी में अभी 'नया उपन्यास' लिखा जाना बाक़ी है

5

उपन्यास फ़ुटपाथ पर पैदल चलने की कला है

6

सात क़दम धीरज से चलना होता है

उसके बाद
आठवाँ घर उपन्यास का है

7

मैं कविता के कंटकाकीर्ण पथ पर लहू-लुहान होता रहा
जबकि मुझे धँसना था गद्य-गह्वर में

जब तक जीवन है तब तक बची रहती है आस
बचा रहता है एक अधूरा उपन्यास!

एक अधूरा उपन्यास शीर्षक से लिखी यह कविता आज याद आई, जब मैंने नया उपन्यास पूरा किया। नया उपन्यास का अर्थ यह नहीं कि मेरे पुराने उपन्यास हैं। यह मेरा पहला पूरा उपन्यास है। इसको हिन्दी का नया उपन्यास इसलिए कहा जा रहा है कि यह हिन्दी के पुराने उपन्यासों से नया है। नया उपन्यास साहित्य का कोई नया पंथ नहीं है और यदि है या कभी बन सके तो भी किसी को क्या आपत्ति हो सकती है? इसी तरह साहित्य पुराने से नया और पुराने से नया होता रहता है।

उपन्यास की इमारत ढह चुकी है। अब उपन्यास व्यर्थ कथानकों और निरर्थ शब्दों का मलबा भर है। सर वीडिया विद्यासागर नायपॉल ने यूँ ही नहीं कहा था कि आधुनिक उपन्यास नष्ट हो चुका है। नॉन फ़िक्शन/कथेतर में ही अब कुछ सम्भावना बची है। नायपॉल ने कहा कि मैं अपना अन्तिम उपन्यास नहीं लिखना चाहता था, लेकिन प्रकाशक के अनुबन्ध और ली गई अग्रिम धनराशि के लिए लिखना पड़ा। नायपॉल तो शब्दों और वाक्यों का जादूगर था, लेकिन हमारा मानना है कि नष्ट कुछ भी नहीं होता,

उसका रूप परिवर्तित होता रहता है। इसी मलबे से ही हमें हमारे समय का उपन्यास प्राप्त करना होगा। नया उपन्यास।

जिस उपन्यास पर सिनेमा बनाया जा सके, उसे अच्छा उपन्यास नहीं कहा जा सकता। यह भी नया उपन्यास की एक परिभाषा हो सकती है। और दूसरी परिभाषा नया उपन्यास की यह हो सकती कि उसका सिर्फ़ पढ़कर ही आनन्द उठाया जा सके, उसे सुनाया न जा सके और उसे दूसरे कला-माध्यमों में रूपांतरित न किया जा सके। उपन्यास का टेक्स्ट/पाठ ही उसका अन्तिम पड़ाव हो। और अन्तिम परिभाषा यह कि इसका किसी भी तरह दुरुपयोग न किया जा सके।

नया होने की एक शर्त यह भी कि पुराना उपस्थित होना चाहिए। पुराने के बिना नया सम्भव नहीं। पुराना ही नया होता है। हमारे वाङ्मय में जो पुराण हैं वह भी पुराने को नया करने की विद्या है। ध्यान रहे—कला नहीं, विद्या। पुराण भी उसी तरह एक विद्या का नाम है, जिस तरह व्याकरण विद्या में परिगणित होते हैं। पुराण-विद्या अनादि और सर्वाधिक प्राचीन है। यह सर्वविदित है कि वेदव्यास ने जहाँ वेद को चार संहिताओं में विभाजित किया, वहाँ पुराण को भी संक्षिप्त कर अठारह विभागों में बाँट दिया। यह भी पुराणों में ही मिलता है कि वैवस्वत मन्वन्तर के इस कलियुग तक अट्ठाइस व्यास हो चुके हैं, जो कलियुग में पुराण-विद्या को संक्षेप करते रहे हैं। इससे यह भी सिद्ध हो जाता है कि पुराण-विद्या अनादि है और यह भी सिद्ध होता है कि वेदव्यास किसी व्यक्ति का नहीं, एक पदवी का नाम है। किसी समय वसिष्ठ और पराशर भी व्यास हुए। कलियुग के व्यास कृष्ण द्वैपायन हैं।

यह आश्चर्य की बात कि पुराण भी आख्यान, कथा और उपन्यास की तरह रोचक और पठनीय होते हैं। पुराणों की कथाओं को लेकर हिन्दी समेत सभी भारतीय भाषाओं में अनगिनत उपन्यास रचे गए हैं। पुराणों में

पुराण के बारे में कहा गया है :

सर्गश्च प्रतिसर्गश्च वंशो मन्वन्तराणि च।
वंशानुचरितं चैव पुराणं पंचलक्षणम॥

अर्थात इस सृष्टि की रचना कैसे हुई? इसका लय कहाँ और कैसे होगा? सृष्टि के पदार्थों की उत्पत्ति का क्रम किस प्रकार है? उनके चरित्र कैसे थे? और इस सृष्टि और प्रलय के बीच कितना समय लगता है? इन पाँच बातों की विवेचना जिसके द्वारा की जाए, उस विद्या को पुराण-विद्या कहते हैं।

पुराणों की यह परिभाषा पढ़कर क्या आपको नहीं लगता कि आप आख्यान या उपन्यास की परिभाषा पढ़ रहे हैं? क्या किसी उपन्यास की रचना भी इन्हीं पाँच प्रश्नों का उत्तर प्राप्त करने के लिए ही नहीं की जाती? यदि उपन्यास की इस परिभाषा को मान्य किया जाए, तो हम इस आरोप से भी मुक्त हो सकते हैं कि हिन्दी अथवा भारतीय भाषाओं में उपन्यास का ढाँचा पश्चिम से आयात किया गया। गाथा, आख्यान, बात, कथा इत्यादि विधाएँ शुद्ध भारतीय हैं और अतिप्राचीन। हमारा नया उपन्यास सच में भारतीय उपन्यास है या होगा। भारतीय उपन्यास की अवधारणा पर विचार करने वाले विद्वानों/आलोचकों को इस बात पर गहराई से विचार करने की आवश्यकता है।

भारतीय वाङ्मय में सब विद्याओं को चार वर्गों में विभाजित किया गया है। आन्वीक्षिकी, त्रयी, वार्ता और दंड-नीति। त्रयी वेदों का नाम है। आन्वीक्षिकी तर्कशास्त्र का नाम है। दंडनीति शासन-विधान को कहते हैं और वार्ता को इतिहास समझा जाता है, लेकिन पंडित गिरिधर शर्मा चतुर्वेदी का मानना है कि वार्ता के जो लक्षण पुराने शास्त्रों में लिखे हैं, उनसे सिद्ध होता है कि यह नाम सम्पत्ति-शास्त्र का है, जिसे आजकल

इकोनॉमिक्स कहा जाता है। लेकिन हमारा मानना है कि वार्ता, गाथा अथवा आख्यान का नाम होना चाहिए। आख्यान में साधारण मनुष्य की चिंताओं का वर्णन होता है और मनुष्य की चिन्ता में अर्थशास्त्र या सम्पत्तिशास्त्र शामिल होता है।

यह बात भी कम दिलचस्प नहीं कि व्यासदेव ने चार वेदों के प्रसार के लिए जिस तरह चार ब्राह्मणों को अपना शिष्य बनाया, उसी तरह पुराण-विद्या के लिए सूत जाति के रोमहर्षण को अपना शिष्य चुना। सूत संकर जाति होती है, जिसका काम सारथ्य-कर्म अर्थात रथ के घोड़े चलाना होता है। बलभद्र द्वारा रोमहर्षण की हत्या के बाद उसके लायक पुत्र उग्रश्रवा ने इस कार्य को आगे बढ़ाया। रोमहर्षण और उग्रश्रवा की विद्वता का यह आलम था कि अनेक विद्वान ब्राह्मण भी उनके शिष्य बने।

'जाली किताब' पर भी आलोचक सवाल उठा सकते हैं कि यह किस तरह उपन्यास हुआ? कभी यहाँ कविता की झिलमिलाहट दिखाई देती है, कभी यहाँ नाटक का आभास है, कभी यहाँ आलोचना का आर्तनाद सुनाई देता है, कभी कोई किस्सा-कहानी कहता जान पड़ता है तो कभी यहाँ रिपोर्ताज़ की राह दिखाई देती है। विधाओं के विलोपन के दौर में जब साहित्य की सभी विधाओं ने अपनी पवित्रता गँवा दी है, तब इन्हीं वीथियों पर चलकर और इन्हीं खंडहरों से हमें नया उपन्यास का निर्माण करना होगा और नए कथानक गढ़ने होंगे।

यह सही है कि ये कथानकविहीनता का समय है, लेकिन कथानकविहीनता भी एक तरह का कथानक होता है, लेकिन उसको आकार देना मुश्किल काम है। स्त्री-पुरुष, पाप-पुण्य, अमीरी-ग़रीबी, सत्य-झूठ, पुरातन-नवीन सभी तरह के कथानक कह दिए गए हैं। यह मनुष्य की अब तक की यात्रा और हमारी सभ्यता-संस्कृति की समीक्षा का समय है। साहित्य भी इससे अछूता नहीं है। यह महानताओं के बिखरने का दौर है।

यह सब नया उपन्यास में परिलक्षित होना चाहिए।

और सबसे बड़ी बात कि यह समय अन्तरपाठीयता का है। एक किताब को पढ़ते हुए अब तक की लिखी हुई सैंकड़ों किताबों की याद आनी चाहिए। नया उपन्यास ऐसा होना चाहिए कि जिसमें अब तक लिखे हुए महान उपन्यासों को शामिल होना चाहिए। उनकी कौंध नया उपन्यास में दिखाई पड़नी चाहिए तभी उसे नया उपन्यास कहा जा सकता है।

किताब पर किताब पर किताब! यही इस नया उपन्यास का कथानक है। एक महाकाव्य लिखा गया। विद्वानों ने उसे साहित्येतर कारणों से जाली ठहराया। तब महाकाव्य की प्रतिष्ठा और महिमा के लिए एक किताब लिखी गई। इस किताब को भी विद्वत-मंडली ने जाली ठहरा दिया। अब उक्त दोनों निरपराध किताबों को आरोपमुक्त करने के लिए एक और किताब लिखी गई। यही इस नया उपन्यास का कथ्य और कथानक है।

कहा जा सकता है कि इसके लिए तो आलोचना की किताब लिखी जानी चाहिए थी। यहाँ पहला सवाल तो यह कि क्या उपन्यास में आलोचना नहीं हो सकती? और यदि आलोचना रोचक और रसभरी हो तो वह उपन्यास की तरफ़ झुक जाती है। यह किताब भी इसी तरह उपन्यास है कि इसमें जो आलोचना है, वह रोमांचक और दिलचस्प है। रहस्य, रोमांच, सनसनी, उत्सुकता और रंजकता ने इस आलोचना को उपन्यास बना दिया। यही नया उपन्यास है या उसकी प्रस्तावना है।

इस किताब का कथानक तो यही है कि हमारी साहित्य परम्परा की दो उत्कृष्ट कृतियों को आरोपमुक्त अथवा शापमुक्त किया जाए। उन पर लगे दाग़ों को मिटाया जाए। भले ही महाकवि चन्द विरचित *पृथ्वीराज रासो* और विष्णुदास अथवा किसी अज्ञात लेखक द्वारा सृजित *चन्द छंद बरनन की महिमा* नामक दो ग्रन्थों को हमारी कुलीन और जातीय आलोचना ने इन दोनों अमर किताबों को बदनाम करने की कोशिश की, लेकिन इन

कृतियों की अन्तर्वस्तु, कल्पनाशीलता और सुघड़-शिल्प ने इन्हें बनाए और बचाए रखा।

उपन्यास के पुरातन पैमानों के अनुसार कथानक के बाद चरित्र/पात्र आते हैं। इस किताब में किताबें ही पात्र हैं और उन किताबों के भीतर जो किरदार हैं उन्हें ही प्रकारान्तर से इस पुस्तक का चरित्र समझना चाहिए। पृथ्वीराज चौहान, चन्द बरदाई, कवि गंग, अकबर, मानसिंह, बहरम खां, विलियम जोन्स, रामचन्द्र शुक्ल, बटे कृष्ण, मोहनलाल विष्णुदास पंड्या, विष्णुदास, कविराजा श्यामलदास सब किसी न किसी रूप में इस पुस्तक के किरदार हैं। और इस पुस्तक को लिखने वाले लेखक को भी इसका एक पात्र ही समझना चाहिए।

रोचक-रोमांचक तो यह किताब इसलिए हो गई कि इसकी बुनियाद ही जालसाज़ी पर खड़ी है। किसी अपराध कथा का आनन्द भी यदि पाठक लेना चाहें तो उसकी यहाँ कमी नहीं, बल्कि बहुतायत है। कभी कभी तो यह नया उपन्यास किसी थ्रिलर की तरह जान पड़ता है। अब क्या होगा की उत्सुकता इसे किसी जासूसी उपन्यास की तरह रोचक बनाती है।

अब एक और पुराने-पैमाने पर आते हैं। आदि, मध्य और अन्त। चाहे उनका क्रम कुछ अलग हो सकता। इन तीन पैमानों पर भी नया उपन्यास स्यात खरा उतरता है। इसमें चन्द बरदाई लिखित महाकाव्य *पृथ्वीराज रासो* आदि है। विष्णुदास अथवा किसी अज्ञात लेखक द्वारा विरचित *चन्द छंद बरनन की महिमा* मध्य है और यह नया उपन्यास जाली किताब इसका अन्त है। इस तरह यह त्रयी पूरी होती है।

यह सम्भवत : दुनिया की प्रथम पुस्तक-त्रयी है, जिसे पाँच-पाँच सौ बरसों के अन्तराल से लिखा गया। *पृथ्वीराज रासो* ग्यारहवीं शताब्दी में रचित बताया जाता है, रासो पर जो *चन्द छंद बरनन की महिमा* लिखी गई वह सोलहवीं शताब्दी में और इस त्रयी की अन्तिम *जाली किताब* इक्कीसवीं

सदी में लिखी गई। इस त्रयी को पूरा होने में पूरे हज़ार साल लग गए।

इस उपन्यास के लेखक को इस बात का खेद है कि इस पूरे उपन्यास में कोई भी स्त्री पात्र नहीं है। इस लिहाज़ से भी इसे अनोखा उपन्यास कहा जा सकता है। लेखक ने बहुत कोशिश की कि उपन्यास में किसी स्त्री का प्रवेश कराया जाए, लेकिन सम्भव नहीं हो पाया। पृथ्वीराज-संयोगिता-परिणय की कथा सुनाई जा सकती थी लेकिन वह विषयांतर ही होता।

यह अद्‌भुत त्रयी इस मायने में भी अनोखी है कि ये तीनों कृतियाँ हिन्दी-साहित्य में अपनी तरह से प्रस्थान बिन्दु हैं। *पृथ्वीराज रासो* को हिन्दी का प्रथम महाकाव्य होने का दर्ज़ा प्राप्त है तो *चन्द छंद बरनन की महिमा* को खड़ी बोली हिन्दी का प्रथम गद्य होने का सौभाग्य प्राप्त है और त्रयी की अन्तिम कड़ी यह 'जाली किताब' है, जो हिन्दी का प्रथम नया उपन्यास होने का दावा पेश करता है।

अन्तिम बात यह कि इस त्रयी के तीनों लेखक औघड़ सम्प्रदाय से आते हैं, इसलिए प्रस्तावित किया जाता है कि हिन्दी-साहित्य की इस अद्‌भुत त्रयी को भविष्य में त्रयम्बक-त्रयी कहा जाए। इति।